域外故事会 第三辑

THE HIGHLIGHTS OF FOREIGN POPULAR FICTION

# 利箭追凶

Death's Bright Dart

［英］克林顿·巴德利—著

吴宝康—译

上海文艺出版社

上海故事会文化传媒有限公司

# 编委会

**总策划** 夏一鸣

**主　编** 黄禄善

**副主编** 高　健

## 编辑成员（按姓氏拼音为序）

蔡美凤　高　健　胡　捷

黄禄善　吴　艳　夏一鸣　杨怡君

# 名家导读

/吴宝康

　　吴宝康，博士，上海海关学院外语系退休教授。英国皇家特许语言家学会中国分会专家委员会委员，上海对外经贸大学澳大利亚研究中心校外研究员，上海市翻译家协会会员，上海市外文学会会员。澳大利亚墨尔本乐卓博大学访问学者和澳大利亚悉尼大学访问学者。

　　剑桥大学圣尼古拉斯学院花费了半年时间筹备了一个国际研讨会，为此世界各国来了不少参会代表。学院原意是提供同行科研交流的机会，共同推进科研发展，谁知研讨会却以先后数人的离奇死亡而告终。虽然警方几经努力，广泛调查，但仍无头绪，故而成了一桩棘手的疑案。然而，在小说结尾处，最后侦破此案者并非警方，竟是个出乎众人意料之人，在分析案情，追踪蛛丝马迹之时，其擅长推理，且逻辑缜密，思维敏捷，经过不懈努力，终于解开了一团乱麻般的疑案。整部小说的情节可谓错综复杂，扑朔迷离，引人入胜，令人不忍释卷，堪称校园谜案推理小说上乘之作。

　　小说作者克林顿·巴德利，1900 年 1 月 1 日出生于英国德文郡的巴德利索尔特顿。他在著名贵族男子中学谢伯恩学校学习，毕业后进入剑桥大学耶稣学院，获得历史学硕士学位。然而，他志在文学，先后当过伦敦知名剧作家、演员、作家。其著作包含对文学和戏剧等的研究。

克林顿·巴德利后来转向关注犯罪问题，并于1968年出版了一部名为《我的敌人横卧于树下》的谜案小说。小说出版后大受读者欢迎，《图书世界》将其列入当年出版的100部最佳小说。第二部谜案小说即本书《利箭追凶》，同样引人入胜，吸引了无数读者。克林顿·巴德利紧接着又出版了《时间问题而已》等，由此开启了克林顿·巴德利的一个谜案系列小说。而早在克林顿·巴德利的第一部谜案小说出版后，这本书就在大西洋两岸反响热烈，好评如潮。

在美国，多萝西·B.休斯在《洛杉矶时报》上盛赞："克林顿·巴德利具有最杰出英国人所展示的才智，以及文化和学术的成就，而这一切使其成为作家中的佼佼者之一。"换言之，克林顿·巴德利已经展现出了成为最佳作家的潜质。比特里斯·施瓦茨在《圣路易斯邮报》上则撰文总结克林顿·巴德利小说的特点是"令人愉悦……情节严谨，幽默有趣……"。《图书世界》则认为克林顿·巴德利的小说是"彬彬有礼的惊险小说，别具无与伦比的魅力、写作风格和机智幽默"。

在作者生活的英国，《书刊与读者》赞誉克林顿·巴德利的小说"……时时闪现出风趣睿智和散文风格，带来了阅读的愉悦感"。埃德蒙·克里斯宾在《星期日泰晤士报》上撰文称克林顿·巴德利的小说"……就其睿智、幽默、观察力以及自然而然的魅力而言，克林顿·巴德利先生可谓出色的重要作家"。安东尼·勒琼在《简牍周刊》上更是认为："就文明的娱乐性作品而言……克林顿·巴德利确实是无与伦比的。……他现在却写出了比英纳斯先生更棒的迈克尔·英纳斯式侦探小说"。

所有这些纷至沓来的赞誉奠定了克林顿·巴德利在谜案侦探小说领域的地位。1970 年 8 月 6 日，克林顿·巴德利在英国伦敦去世。

综观本书，这个校园谜案故事有如下几个特点值得读者关注：

首先，故事的构思巧妙，情节节奏适中。在本故事中，凶杀案发生在剑桥大学的圣尼古拉斯学院，这座学院是由原先的修道院改建而来，因此，其建筑布局和建筑风格多为欧洲中世纪古典式。作者先借助该学院一位资深学者陪同一位参会代表游览学院的情节，使读者领略了学院的建筑布局，并通过该学者之口了解了圣尼古拉斯学院的历史，使读者初步掌握了学院里各建筑的分布情况及连接通道，为故事的情节展开做了很好的铺垫。而在其后发生的故事中，情节大多巧妙地分散于这些建筑之中。同时，虽然故事中各个章节都标明了诸如"星期一""星期二"之类的日期，作者的叙述节奏却从容不迫，娓娓道来，毫无急促之感。

其次，整部小说时常会有不期而至的意外出现，渲染出神秘诡异的气氛。比如，一位学者在演讲时喝了一口水，随即当众倒地而亡。

可是水中无毒，凶器无形，凶手未见，那么他究竟是如何在众目睽睽之下行凶而又不被发现的呢？再如，院长夫人邀请参会代表参加她宅邸花园中的午后聚会，可没想到众人的话题不知不觉地转到了毒药上，一时间似乎人人都或多或少地了解毒药的知识及制作方法！又如，那位学者中毒身亡之后，居然又有人自杀，可事实又证明其非凶手。更为突然的是，一名参会代表第二天在空空如也的车厢里离奇中毒身亡，凶器就掉在座位下，但谁是凶手，如何作案，一无所知，了无痕迹。

第三，在侦破此案的过程中突出了缜密的逻辑推理，而非仅仅注重直接证据。这一点尤其令读者印象深刻。一般来说，警方侦破案件首要注重的是证据。但是，证据不会因为要供警方破案而被保存下来。作案者必定会想方设法地毁灭证据，消除痕迹，以躲避警方的追踪，进而逃避法律的制裁。所以，也许更常见的是存在着许多零零碎碎的线索，似乎是互不相干的关系，而就在这些零碎的线索中，往往隐藏着某种十分容易被普通人忽视的特定线索。于是，故事中就有人独具慧眼，运用逻辑推理的方式，细心地分析种种情况，认真地辨别真伪，巧妙地串联起各条毫不起眼、极易被忽视的线索，一步一步地追踪，终于还原出了案情的真相，从而侦破此案。

最后，也是最有意思的是，侦破案情的线索几乎已伏笔于整个故事之中，颇为考验读者的注意力和分析力。故事的叙述似乎并无刻意之状，线索却已巧妙地埋下了。比如，传教士展览馆里失窃了一支吹射管，而两天之后那位学者在演讲中离奇死亡，这两者之间是否有关联？依据线索追踪的结果发现，行窃者的身份让人们颇感意外。再如，在排除了没有关联的事件之后，也是通过对种种线索的分析、推论以及追踪，最后居然将凶手锁定在了一个最为意想不到的人身上，从而完美侦破此案。此时，读者才恍然大悟！

读书明智，读者可以从中体验到此案侦破者严谨缜密的逻辑，以及其推理过程中的艰难与乐趣。故此，相信阅读之后，读者或多或少会意识到逻辑思维能力的重要性吧。

# Contents

# 剑桥大学
## ／星期五

### 一

威洛博士谨慎地走进了院长宅邸的花园。暑期去这个宅邸的路途可谓危机重重。

当他途经右侧第一簇高大的棉毛荚莱常青灌木丛时，六岁的克拉丽莎手持两把左轮手枪向他射击，威洛博士非常自然地用两手捂着胸口，痛苦地踉跄了几步。克拉丽莎立刻走到她的"敌人"面前。"理查德躲在杜鹃花后面，"她小声地说道，"他有一颗原子弹。"

"谢谢告知。"威洛说着，继续沿小径走，想起上次遇到理查德之事，不敢漫不经心。那次他差点被一支箭射穿。

1

理查德才七岁。

威洛走到杜鹃花前，停下了脚步。"我举手投降，行吗？"他问道。

"不行，"灌木丛的另一边传出了一个声音，"机械装置已经启动了，你被瞄准了。"

"噢，请别瞄准我。"威洛恳请道。

对此，那个声音意外地回答道："真麻烦！卡住了。"

"需要我帮忙吗？"威洛问道。

"好，请吧。"那声音说。

于是威洛就在杜鹃花下俯身跪下来，没多久，他就和理查德一起鼓捣出一声巨响，还伴随着一团红色烟雾。

"对不起，没来得及轰炸你。"理查德说。

"没关系。"威洛说。

埃布尔，五岁，躲在另一簇高大的棉毛荚莱常青灌木丛后，对原子弹的爆炸延迟有点不高兴了。但是，他可是一个坚韧的孩子，坚守阵地，发起他准备的袭击，并且相当成功。威洛已经忘记了第三重危险。突然，安装在轻灵竹竿上的一支长纸镖，从灌木丛深处射出，击中了他的腰部，吓了他一跳。

"你应该死了，"埃布尔说着，窸窸窣窣地从灌木丛阴影处走出来，"这种武器就像传教士展览上展出的那种，见血封喉。"

"天哪，你从哪里学会这个词的？"

"在传教士展览上，这个词就写在玻璃展柜上。"

"我们来比比谁能把飞镖扔得更远。"理查德说。于是，一时间，他们四人都玩起了飞镖，直到他们听到远远地传来一阵笑声，原来他们给院长宅邸二楼客厅里的五个人带来了乐趣。一个窗户里现出了院长考特尼博士、老戴维博士，还有一个威洛不认识的人。另一个窗户里出现了考特尼太太，以及凯瑟琳，她是杰弗里·威洛的妻子。

"嗨，孩子们，让威洛博士走吧。"考特尼太太叫唤道。

可考特尼的孩子们假装没听到，威洛却抓住了这个时机。如果再不赶快去喝茶，他就没机会了。所以，他竭尽全力，掷出了飞镖。飞镖飞过了花坛，克拉丽莎绕过花坛追了上去，理查德跳过花坛，而埃布尔则跳进了花坛。趁此时机，威洛逃进考特尼太太的客厅里避难去了。

"这位是威洛博士，我们的财务主管，还是研讨会的秘书。"院长说道，"这位是沃洛夫上校。"

"您好，先生。去过您在学院里的房间了吗？"

"去过了，房间非常好，在第一公寓庭院。我从房间里朝下看到了玫瑰花和红砖。真是太漂亮了。"

"一切都准备就绪了吧，杰弗里？"

"希望如此，院长。我们已经花了半年时间来筹备这场研讨会，可要到最后一分钟才知道谁会出席。我们这方面的事都已完成，等他们抵达时我们会处理好其余的事，也就是半小时之后吧。"

"我来得早了点，"沃洛夫上校说道，"希望不会太早吧。我想看看剑桥大学，所以我今天上午就来了。我绕着漂亮的学院走了一圈，然后就在庭院里遇到了院长，他很客气地邀请我品茶。和大家一样，我有了个良好的开端。"

"这似乎是你的习惯了，"戴维博士说道，"我读过你写的几本书。我们的这位客人去许多地方都是第一个到的，非同寻常啊。"

"除了索马里的混乱地区，"院长说道，"在那里沃洛夫上校还得让位与威洛了。我想你知道威洛就那个可怕的国度写了一整本书。"

"确实如此，先生。我到过的第一个战场是在非洲的阿比西尼亚附近，但是，之后又远赴马来群岛的婆罗洲岛。世界上还有许多地方呢，人们很快就迷失了自我，开始寻找其他人了。"

"确实如此，"院长说道，"我一直期待听到某人偶遇一条雷龙，发现一个新的文明，或者出土一个消失的文明。"

凯瑟琳说："我觉得是时候和杰弗里去办公室了，我要去帮忙登记来客了。"

"天哪，还真是！"威洛说道，"我们该走了，谢谢您的茶点。"

"真希望孩子们没时间再搞出什么新花样了。"考特尼太太说，她能成功地抚养好家里的小孩全凭运气,这在剑桥大学的圈子里早就是一桩奇事了。

"别担心这些孩子,"戴维博士说道,"他们都很好,至少还有一个优点。"

"他们根本就没有,"考特尼太太说道,"一个也没有,真是太令人失望了。"

"得了!他们都没遭什么罪。"

"当然,这是件值得庆幸的事。但是还没有什么优点能胜过能忍耐痛苦,所以,那个所谓的优点其实是缺点。"

"还有很多其他优点。"考特尼博士说道。

"我觉得我该走了,别再纠结如何给优越生活下定义了,"戴维博士说,"你愿意和我一起走吗,沃洛夫上校?趁着来人还没多到拥挤的程度,我很乐意陪你看看学院。"

"那太感谢了,先生。再见,院长。再见,考特尼太太。谢谢您的热情招待。"

"他们走了,可爱的人儿。"考特尼太太说。她正站在客厅的后窗前,那里能看到第一公寓庭院。

"你说谁?"院长问道,他正深深地陷在单人沙发里,叼着烟斗吞云吐雾,"戴维和沃洛夫吗?"

"不，是杰弗里和凯瑟琳。他们两人都身材娇小，又都那么聪明，他们真是天造地设的一对啊。你认为他会获得教授职位吗，克莱夫？"

"如果没有布劳尔和他竞争的话。"

"讨厌的布劳尔！"

"布劳尔饱受抨击。大家都喜欢杰弗里，他也同样聪明，但他又是那么随和，他会很轻松地和孩子们打成一片，就像他善于使用显微镜那样。所以，他们低估了他。"

"他们肯定极其愚蠢。事实上，在杰弗里那种嬉笑玩耍的行为背后是他的勃勃雄心，尽管没有凯瑟琳的雄心那样强烈，可她会为了他做任何事。"

"即使犯罪？"

"哦，这我不知道，"考特尼太太冷冷地说道，"有可能……为什么不呢？她放弃自己的成功事业嫁给了他，她也许正在为他做某件了不得的事呢。"

"愿上帝保佑我们吧！"院长说。

"这嗓音真好听，克莱夫。"

"依然那么动听，是吗？"

"如果她继续练习的话。"

"当然，他们两人可能谁也得不到教授职位，"院长说，"考尔德科

6

特倒是有个好机会了。他没什么进取心，但打了一手令人称道的好牌。老雷文肖要到下个暑假才退休，在此之前，可能会发生很多事。"

考特尼太太坐了下来，开始享用一个三明治，有点迟了。"我更喜欢沃洛夫，"她说道，"他是个流亡者吗？如今我们总是搞不清来自中欧的人的来历。"

"不，他可是个真正的匈牙利人。在我想来，他的政府还有点头脑，知道培养一个杰出的人才是个绝妙的宣传手段。"

## 二

看了小教堂之后，戴维博士陪着沃洛夫在回廊里走着。

"这地方很独特，你看到了，因为它曾经是一座修道院。所以，那些老建筑都是以修道院的结构划分的——修道院的餐厅是现在的大厅，宿舍成了现在的图书馆，修道院院长的住处成了现在的院长宅邸，还有小教堂，都围绕着回廊公寓庭院形成一个四方形。那些远一点的庭院都是在那之后的不同时期建造的，从十七世纪的庭院，也就是你现在住的那个，到维多利亚时期加建出来的糟糕建筑。感谢上帝，我们在二十世纪建造的要比那些好多了。"

"修道院后来发生了什么事？"沃洛夫问道，"宗教改革？"

"根本不是，是我们的督导员在 1472 年关闭了它。那时修道院里只剩下三个修道士了，并且，由于其中一个修道士的性别引起了许多人怀疑，主教大人认为如果把此地改为一所学院的话，那是对上帝更为恰当的服务。但是，我觉得此地的中心建筑看起来就像是一所修道院，感觉上也是，而且，我很乐意告诉你，这里依然会有修道士的幽灵出现。"

"真的吗？"

"或者说，是那些本科生说的，是一个幽灵。哪天晚上有机会，我指给你看吧。"

"你能随心所欲地召唤出幽灵来？真令人难以置信！"

"确实，"戴维博士说，"这些楼梯通向公共休息室，我们就餐前在那里集合，请从这儿走……"他边说边满怀爱意地打开了门，"你看现在仿佛一下回到了十八世纪，这些安乐椅和拼接大圆桌的弧形小桌，便于放置波尔图葡萄酒和甜点，墙上还挂着漂亮的假发套呢。"

"那是一位杰出人物。"沃洛夫说。

"那是我们最好的捐助人，约西亚·布雷迪。他留下了一大笔钱作为奖学金，还有许多钱用于节日庆典，我很高兴地说，皇家委员会从未愚蠢地对此质疑。他还留下了几个有趣的习俗。财务主管在通过审计的那个夜晚，会在学院代表中分发徽章，徽章上刻有文字'唯汝安全为重'。这是老人在遗嘱中写明的，我们总是据此办理。我觉得他想开个玩笑，这样在他入土多年后，人们还会为此大笑……这另一扇门直接通向大厅，通向讲坛，那里是我们进餐的地方，也是布劳尔将在星期一发表演讲的地方。"

戴维指指讲坛尽头的凸窗。"这是我们的缔造者留下的图形字谜，"他说道，"是奥尔波特尔主教——所以，你会在学院所有的古旧窗户上看到这些色彩缤纷的瓶子，还有一句拉丁文箴言'远离阴暗，祝愿宴席丰盛'。我们不能辜负这位好人的期望。"

在讲坛背后的中心窗格上有一幅画，画的是主教盛装跪倒，正在祈祷，但他两眼睁着，用略带愉悦的神情打量着大厅。

"那就是他了，我认为他是一个好人。是他将圣尼古拉斯的名字授予新建学院，不过，在一所古老的大学里，一切都被铭记着，这个学院还保留着旧有的名字，圣阿纳斯塔修斯和高贵的贞女埃德温娜。"

"这倒是个颇具胆识的名字。"

"但是，确实值得，我向你保证。"

"我听出这里面有故事，先生。请告诉我吧。"

"埃德温娜是一位贞洁的撒克逊女士，她在圣阿纳斯峇修斯修道院的修道士那里避难，因为她受到了一个恶棍的骚扰追求。那个恶棍有个荒唐的名字叫埃格尔伍尔夫。当埃格尔伍尔夫威胁要砸倒修道院围墙时，令人敬佩的埃德温娜吩咐修道士们打开大门，而在那时，她通过某种神奇的手法，化身为一个修道士。在此完美的伪装之下，虽然懵然不知的埃格尔伍尔夫进行了多次搜查，最终还是被迫回到了东部沼泽地区，阴谋未能得逞。当确定无疑他离开了，高贵的埃德温娜就继续其贞洁之路，去了附近的一个女修道院。在那里，她成为一名草药医师，闲暇放松时，又是一位令人愉悦的魔术师。由此，她迅速地获得了名声。为了纪念这位杰出的女性，圣阿纳斯塔修斯修道院的修道士们获得了修道院院长的许可，把埃德温娜这个名字加进了他们修道院的名字里。在我们用泥金装饰的手抄本中，有一本里就有她的一幅画。她好像正杂耍着鸡蛋，逗修女们开心。"

"那可值得说道了，"沃洛夫上校说，"假如埃德温娜是个年轻男子化装成一个姑娘的话，不过我认为这种推测太过复杂了。"

"不光是复杂，"戴维说道，"而且还是严重的异端邪说。曾有个不幸的工匠名叫西姆金，也提出过这种看法，他被愤怒的教徒撕成了碎片。如果我没记错的话，那是 1242 年。此事在修道院的文件上有详细记载。"

从凸窗外面传来了一阵叮叮当当凿刻石块的声音，一个人影在窗玻璃外身形奇怪地移动着，仿佛悬浮在空中一般。

"窗户外在加夹板，因为他们要对这座修道院进行修缮。现在，如果我们走过大厅，走下楼梯，我们又会回到回廊，只要拐个弯就能通向你的房间了。"

在通向第一公寓庭院的拱形门廊，他们遇见了考尔。戴维给他们做了介绍。"你们的学院真漂亮，考尔博士。"沃洛夫说。

"只需称先生即可，"考尔说道，"这样称呼我就可以了。"

"请原谅。"

"随意一点吧，拘谨是我讨厌的事情之一。戴维是个真正的博士，威洛也是，至于其他人嘛，这地方尽是这些人。我没法告诉你的是，为什么一个人花费了两年的时间，仅仅剖析了乔治·艾略特的几部小说就应该被看作哲学方面的博学之士？"

"我无须多说，考尔是一位纯粹的数学家。"戴维说。

"对不起，这儿现在来了我们的另一位博士，"考尔说道，"下午好，再见。"

"对考尔来说，一切都错了。他一直和这家伙住在一个楼里，但他们从不说话。考尔说他是个骗子，而其他人说他是个伟大的科学家。你听了他的讲座之后，就能说说自己的看法了。啊，布劳尔，请允许我介绍沃洛夫上校，他是我们的参会代表之一。我们正在你这儿的回廊里散步。"

## 三

杰弗里和凯瑟琳正坐在第一公寓庭院角落的房间里，这里已成为研讨会的接待办公室。大多数参会代表已经报到，但还有少数人很可能在六点十分左右才能到达。

透过窗户，他们能看到戴维和沃洛夫正在和布劳尔交谈。随后，三人分开了，去了各自的房间。戴维的房间在第二个公寓庭院，称为巴克斯特公寓庭院。那是一幢十八世纪的建筑，他颇为合意。而且，从那里可以看到学院的围地，那是个漂亮的公园，即使放在城里也毫不逊色，浓密的树荫遮住了颇为神圣的圣尼古拉斯学院。

"那个人真让人讨厌！"凯瑟琳突然说道。

"哪个人？"

"布劳尔。"

"为什么？"

"哦，他个子高大，又那么英俊，那么受人欢迎。"

"这不好吗？"

"而且，他也知道这一点。"

"他不会不知道吧。"

"他倒是可以主动表明他知道这一点。我不相信他像他自认的那么聪明，况且他还阻碍着你。"

杰弗里大笑。

"哈哈！现在我明白你了。但是，别欺骗你自己，布劳尔是个了不起的人，没人比他更了解微生物了。"

圣尼古拉斯学院远离俗世，坐落在一条铺好路面的露天通道尽头。这条通道名为"长步道"，连接着圣尼古拉斯小巷与守门人的管理室。此时，有几个人出现在塔门之下，守门人江普先生从管理室里走了出来，庄严地用手指向研讨会办公室。

"他们来了，"杰弗里·威洛说道，"希望是最后一批了，六人还是七人？"

"应该是八个人吧。"

"对。来了，还是一副名人光临的派头呢。我打赌那是雅娜·马登小姐，来自纽约，印象还深吗？"

"我倒是想说'不深'，但又觉得有点印象。"

这八人现在一齐拥向了研讨会办公室。除了马登小姐，其余的人想必是克拉斯纳先生、津提博士，这两人都来自美国；容格博士来自德国慕尼黑；安吉洛·邦迪尼先生来自意大利那不勒斯；班伯丽小姐和埃加小姐都来自英国北部的大学；而琼斯·赫伯特先生，一个模样诚恳的年轻人，来自遥远的西部地区。

女士们被安排住在学院外面的宿舍里，了解此事后，埃加小姐和班伯丽小姐就把她们的行李放在门房管理室，之后会有人给她们送去。但马登小姐已经在享受那位克拉斯纳先生亲自承担的行李搬运工服务了，他已经把她的行李箱送到了研讨会办公室。

"什么？"马登说道，"女士们都不住在校园里？你这老古董！"

"你的房间就在马路对面。"凯瑟琳说。

"我会送你过去。"克拉斯纳先生说。

邦迪尼先生稍懂英语，他朝马登小姐投去温柔的眼色，做了个手势，表示乐意提供更多效劳。凯瑟琳正在分发装着研讨会注意事项的信件。她略加思索，立刻断定其中有一人会成为研讨会上的唐璜式人物。而琼斯·赫伯特先生则很可能已经手上汗水津津了。那个矮个子容格博士，因为他笑容可掬，是这批参会代表中最可爱的人。

威洛注意到津提博士眼中不以为然的神色。"我会把你的行李送到你房间去的，克拉斯纳，"他说道，"就在我房间的隔壁。"

"是的，"威洛说道，"就在巴克斯特公寓庭院，M 号楼。我会指给你看的。"

"一会儿就过来吧，克拉斯纳。"津提说。

他站着目送他的朋友和马登小姐远去，直到他们的身影消失在门房边的拱形门里，然后转向威洛，轻轻叹了口气。每个人都明白他的意思。正如埃加小姐在她们去宿舍的路上对班伯丽小姐说的："那个年轻女人知道她要参加的是什么研讨会吗？"

班伯丽小姐则大笑了一声，因为她不想让埃加小姐觉得她反应迟钝，但她内心觉得马登小姐富有魅力，值得引人注目。她在寝室里试了试床垫被褥，觉得不够满意，然后她把一头灰褐色的头发梳理得比平时更为蓬松，又挑选了一条缀有玫瑰花朵的连衣裙，准备参加学院在研讨会前一晚为参会代表举行的鸡尾酒会。

## 四

"你随我过去，好吗，津提博士？"杰弗里·威洛问道。

"容格博士，"凯瑟琳说，"你随我过去吧，你的房间在隔壁楼里。邦迪尼先生和琼斯·赫伯特先生，请稍等，我马上回来。"

"多美的玫瑰啊！"容格博士赞叹道。

"砖墙前的玫瑰很可爱不是吗？你到了，只需要再爬一段楼梯就可以了。"

起居室前后都有窗户，前窗可以看到第一公寓庭院。凯瑟琳带着容格博士走到后窗，那里可以看到巴克斯特公寓庭院。

"这是一个荷兰花园，"她说道，"已经有几百年历史了。人们可以在十七世纪的印刷品上看到，就像这种花园。"

杰弗里·威洛正和津提博士穿过庭院。凯瑟琳和容格博士看着他们走进了 M 号楼。

"很好，"凯瑟琳说道，"他被安全送到房间了。现在我还得继续工作，不然，琼斯·赫伯特先生和邦迪尼先生要迷路了，他们还在第一公寓庭院的尽头呢。瞧,这个小册子会告诉你一切事项:里面有一张地图和一份会议日程表。我们很快就会在鸡尾酒会上再见的。顺便说一句,楼梯平台对面,是你的邻居,沃洛夫上校。"

容格博士躬身。"太有趣了,"他说道,"我是他的仰慕者。威洛太太,非常感谢。"

容格博士打开了行李,然后他出门走下楼去,站在该楼敞开的拱形门口处。有几个参会代表正在整洁的小庭院里散步,庭院看上去那么漂亮,容格觉得那是因为它是用迷人的材料建造起来的。如今没人再去制作那种色彩的砖块,也没人制作那么小巧的砖块了。结果就是,玫瑰红色的薄砖用厚实的砂浆砌就了墙壁,其风格简洁而又高贵。

第一公寓庭院的另一边,邦迪尼先生在宏伟大门旁那幢楼的房间里,正从窗户向外眺望。而在同一个楼梯平台的另一端,琼斯·赫伯特先生也从窗户向外窥视,但非常谨慎,仿佛是害怕违反某种社交礼仪似的。凯瑟琳刚把他们送到那里,正穿过庭院,返回研讨会办公室的途中。在庭院的第三边上,布劳尔博士站在他房间的窗前。他的房间是从回廊公寓庭院 G 号楼的楼梯通达的。在布劳尔博士楼上的房间窗口,考尔扫视了窗外景色片刻。远处,有个身影在院长宅邸二楼客厅的窗口前移动了一下。

庭院里到处都是人,每扇窗户背后都有眼睛在观望。容格博士在石板小径上闲逛，他走过了研讨会办公室，穿过了院角的拱门，走进了巴克斯特公寓庭院。荷兰花园里空空荡荡，他觉得那里美妙无比。没人在修剪过的紫杉林里走动，没人在窗户里观望。第一公寓庭院也许很有名，但是，容格博士倒是对巴克斯特公寓庭院情有独钟。他缓慢地穿过了花园，从另一个角度回首望着他的房间。后窗四周装饰着黄色玫瑰花，而前窗则装饰着粉红色的玫瑰花。公寓屋顶上高高地耸立着四个壮观的三角形烟囱。

之后，又有两个身影从第一公寓庭院穿过了拱门。他们是克拉斯纳先生和威洛博士。很显然，克拉斯纳先生已经完成了马登小姐的请求。他们沿着环绕花园的铺石路走着，最后消失在 M 号楼。容格博士看了看手表，离鸡尾酒晚会开始还有半个小时。

"所有的参会代表都安全到齐了。"杰弗里·威洛说。

"是啊，"凯瑟琳说，"我正要回家打扮一下，顺道看看最后来的三位姑娘。"

"她们都很好，"威洛说道，"克拉斯纳先生已经照顾好了马登小姐。埃加小姐正在照料班伯丽小姐，埃加小姐显然能和任何人相处。"


## 五

戴维博士坐在敞开的窗前，看向围地。远处一片漂亮的草地上有

17

一个板球运动员更衣房，背后是一排栗树林。透过树林缝隙，可以瞥见更远处的绿色，在防护沟外面，尼古拉斯学院的附属建筑延伸到了河边。除了沃洛夫上校之外，研讨会的其他参会代表尚未发现通向围地的门道。所以，绿色花园里空空荡荡。

戴维博士的房间在二楼。从房间里敞开的窗口，戴维能听到楼下房间里两个男子的谈话声。

一个人说："别对那个姑娘犯傻了，好吗？"

另一个人回答了，但戴维没听清。然后他又听到一句"好吧"，第一个人的声音在说："但要理智一点，务必要清楚这一点，一旦我弹手指了，我不想让人看到你和我在一起。你管好自己吧，这至关重要。"

另一个声音这次清楚点了。

"我同意，但我仍然不能肯定你的计划会如你所愿般那么容易。"

"我没说过那很容易。"

"好吧，可行吗？"

"为什么不行？"

"时机。无论如何，我保留使用另一个计划的权利……"

"我们已经同意这点了。"

"非常好。或许，我觉得我最好继续进行下去。"

他们的谈话声远了，然后一扇门关上了。

戴维博士听得很着迷，他喜欢神秘之事。什么姑娘？还有"弹手指"是什么意思？那可是帮派黑话。还有什么计划？肯定不是在学院晚会就餐之后进行吧？或者说，它就是"弹手指"？这似乎是研讨会上两个捣蛋者之间的奇怪对话。

戴维下楼时，一个男人从底层的房间里走了出来。

"我想，你是我们研讨会的一个参会代表吧？"戴维说。

"是的，我叫津提，来自纽约。"

"我是戴维，这个学院里的一个老研究员。我住在你房间上面，就在二楼。如果你在找橡木大厅的话，我很乐意带你去，尽管那地方很好找。"戴维说着，指指许多走路的人，他们正穿过庭院，通过一个地下通道，走进回廊公寓庭院，那里有一扇门开着，里面是一个木板镶嵌的长型大厅。

大厅里已经挤满了人，戴维站在最近的一个角落里，从这里可以看到许多景象：院长正在和沃洛夫上校及几个其他参会代表交谈；凯瑟琳试图和琼斯·赫伯特先生聊聊，后者却费劲应付着，脸红到了耳根；个子高大、英俊潇洒的布劳尔博士，一如既往地被一群仰慕他的女士围着。

远处，一位富有魅力的年轻女士正倚在窗户旁，和一位约莫四十岁的黝黑皮肤的矮个男人说话。

"真迷人，毫无疑问，"戴维思忖着，"还有那个朋友。"

而此时，津提向他们走去，那位年轻女士就招手叫他了。

"嗨，津提！我已经有个最好的房间了。过去住过的应该是个年轻男人吧，也许是个拳击手什么的，把他最好的东西遗忘在柜子里了。"

一个身材魁梧的高大男子走近了戴维所在的角落。

"看热闹？"

"对啊，考尔德科特。"

"你看那个考尔正目不转睛地看着布劳尔呢！反感得入迷了，厌恶得心醉了，还有所有那些痴迷他的女士们。布劳尔到底是怎么做到的，戴维？"

"我相信，布劳尔是个很有吸引力的男子。"

"我不是这个意思。"

"我也没这么认为。"戴维说道，显得高深莫测。

但布劳尔已经不再和那些痴迷他的女士们聊了，他目光越过大厅，凝视着那个富有魅力的年轻女子，似乎在回忆什么事。戴维顺着布劳尔的目光看了过去。

"威洛！"考尔德科特瞥见了财务主管的衣袖一晃而过，"戴维想知道那个富有魅力的女子是谁？"

"看来他的确想知道。她是雅娜·马登小姐，来自纽约。"

"那几个男的呢？"考尔德科特问。

戴维很高兴考尔德科特为他问了这个问题。

"一个是津提，皮肤黝黑的那个是克拉斯纳，两个人都来自纽约。"

"嗯哼！"考尔德科特说道，"他们大老远来就是为了在一起悄悄聊天。"

"他们后面靠窗的那个外表和善的家伙是容格博士。"

"哦，原来那就是容格，"考尔德科特说道，"我想会会他。"

"哪个研究吸引了年轻女子的注意？"戴维问道。

"可能是冶金学吧。"考尔德科特说。

"马登碰巧是个优秀的生物学家，"威洛说道，"一个好的学者未必长一张出租车屁股似的丑脸。"

"未必，"考尔德科特说道，"我敢说未必。尽管如此，要是长着那样的脸，那得浪费马登小姐多少活力啊。"

不过，马登小姐已经和津提博士以及克拉斯纳先生聊完了，至少暂时如此。她在参会代表中穿行而过，朝班伯丽小姐投去和善的一瞥，又向埃加小姐看看。最终她的目光落到了院长的那个圈子，院长和沃洛夫正聊得起劲儿。克拉斯纳的目光追随着马登小姐，但戴维注意到，布劳尔却突然对她失去了兴趣。也许，他一直望着的是别的某个人。

不久，他就转身离开了。"要走了？"戴维问，他依然站在门口附近。

"是啊，"布劳尔说道，"我觉得鸡尾酒会是必要的社交场合，但对我来说只是死亡和毁灭而已。我不喝酒，也受不了长时间站立。"

# 六

晚餐时，学院里仅有的几位参会高层人员坐在主桌上。在威洛的邀请下，其余的位子都被来访的演讲者们占据了，而剩下的位子只要有研究人员邀请，参会代表即可坐下。戴维邀请了津提，可当他们在门口遇见了班伯丽小姐和埃加小姐时，戴维也殷勤地邀请了她们。戴维在凸窗那边的长餐桌一端坐下了，埃加小姐坐在他的右边，班伯丽小姐坐在他的左边，津提坐在班伯丽小姐旁边，考尔跟着他们来到大厅，就在埃加小姐旁坐下了。在餐桌的另一端，布劳尔坐在威洛和沃洛夫上校之间。克拉斯纳是最后的到来者之一，他在餐厅更远的一边找了个座位，坐在马登小姐旁边。

"那是谁？"戴维问道，依然沉浸在发现秘密之后的兴奋中，"就是那个刚进来的男子。"

"在那边？"津提问。

"是的。"

"那是克拉斯纳，来自纽约。我们是老朋友了，我们曾被关押在同一个德国集中营里。我是捷克人，他是匈牙利人。战后我去了美国，克拉斯纳回到了匈牙利。在大革命之后，我们才重逢。"

"这段经历太精彩了！"戴维说道，"动乱时期他在匈牙利吗？"

"在的。"

"几年前出版了一本有关匈牙利的可怕书籍，"班伯丽小姐开口说道，"书名叫《匈牙利的恐怖时期》。我想……"

"你不能相信那种书，"埃加小姐说道，"我还得等遇见了真正了解匈牙利真实状况的人才能确定。"

"但是，你又是怎么知道那人是否真正了解呢？"考尔问道。

埃加小姐没理他。

"实际上，革命只是个很小的事件，即使那个事件也是美国特工煽动起来的。只消看看《匈牙利的恐怖时期》是在美国匿名出版这一事实，这就足以证明该书毫无价值了。"

"我不这么认为，"考尔说道，"参与直接批评专制主义国家会有很多危险。"

津提隔着餐桌点了点头："确实会有的，先生。克拉斯纳先生可以告诉你这一点，他在布达佩斯的监狱里待了八年之久，因为他犯了大罪。而你要知道，他只是个讽刺画家。"

"啊呀！"戴维惊呼，"专制主义国家可能是讽刺画家最合适的题材了。但讽刺画家根本不是专制国家对付的目标。"

"假如克拉斯纳先生是个讽刺画家，他为什么来参加一个科学研讨会？"埃加小姐责问道。

"他只是想陪我。他是个喜欢了解各种消息的人。"

"嗯哼，"考尔说道，"假如他想从布劳尔那里汲取一个小时的演讲内容而又听不懂布劳尔在谈论什么的话，那他必定是位可敬的光明追随者。有人提醒过他吗？"

津提脸色微微一红。"他会觉得很有趣，"他说道，"克拉斯纳很喜爱旅行。他已经去过南美许多地方，过去那里从来没有白人去过。"

"要参加这个研讨会，也不必是从事实践活动的科学家，"戴维说道，"我自己就不是科学家。"

"我也不是。"考尔说。

"沃洛夫上校也不是，真的。他是个……如果我说'冒险家'的话，你可能会误解我的意思。"

"我当然会误解，"考尔说道，"马上就会。"

"但是，从最好的意义上来说，他就是这样的人，是一个冒险家，是一个寻求真理的人，一个丛林里的冒险家，一个实验室里的冒险家。他就是他自己。"

"他写的书很精彩，"班伯丽小姐说，"尤其是关于动物的书。他具有某种特殊技巧去理解动物，尤其是理解狗。"

"还有一本关于猴子的佳作。"埃加小姐说。

班伯丽小姐说："那些旅行游记的书令人惊悚，特别是那本婆罗洲岛探险记。我永远想象不出那些探险家是如何迈出第一步的，如何建立起第一份信心，和野蛮人一起生活肯定是一门艺术。"

"我已经在野蛮人中间生活了二十年了。"考尔开始说道，还回头瞥了一眼，有点威吓的意味。戴维却是温和地补充了一句："班伯丽小姐，也许你会认为，年龄大的人和脾气古怪的年轻人无法共存，可这两者确实能共存。"

有些脾气古怪的年轻人依然住在学校，依然在大厅远远的角落里，坐在他们的餐桌旁。

巴格斯是位自然科学学者，一头乱发，他问道："他们在谈论什么？"

"毒药，那就是他们谈论的东西，"莫斯廷·汉弗莱斯回答说，"他们将要宣读他们的论文，如'巴比妥类药物和普通人''马钱子碱毒性药的家庭用途'。我们如能活着离开这里还真是万幸。上帝啊！那个女人真是异常令人厌恶！"

"我觉得，"巴格斯神秘兮兮地说，"他们可能有富有说服力的依据。"

"富有说服力的依据，嗯？"莫斯廷·汉弗莱斯说，"你打算干什么？上演一场单人静坐庭院里的闹剧？他们会大卸八块地撕了你，尤其是那个牙齿突出、发型蹩脚的狼人。"

"我还没有决定好干什么，"巴格斯说道，"但是这里有来自世界各地的人，我得干点什么才是。"

"确实如此，"莫斯廷·汉弗莱斯说道，"等你囤积好家具上光剂之类的东西，如果你把它们放到我这里来，我会很高兴的。"

主桌一端的布劳尔正与威洛和沃洛夫深谈。他面前有个扁平的小药瓶，他时不时地用手指弹弹，让瓶子旋转起来。

"很奇怪，"他说，"人们花费了几个世纪使用一种死亡的语言来从事严肃的工作。但可以肯定地说，更为奇怪的是，人们居然还在学习古典的东西，而现在这些东西根本无法给人们任何指导。"

"难道你认为人们不可以为了乐趣而学习古典的东西吗？"沃洛夫反问道。

"如今不是一个讲究乐趣的时代了。"布劳尔说着，往他的那杯水里放了一片药。

"但可以肯定的是，博士，有更多的理由去追求乐趣。你应该跟我去希腊的那些岛屿上看看。那里只有宁静和乐趣，根本没有科学。"

布劳尔喝下了他的药。

"我需要工作，"他说道，"富有成效的工作，以及结果。这就是我的乐趣，而我还得努力工作才能获得。在英国，有许多规则和监督员。我承认管理得确实很好，但这些阻碍了研究工作。人们不得不想个办法来绕过某些限制，我的几条狗给我的帮助超过了我的某些同事们呢。"

沃洛夫皱起了眉头："你的狗？"

"你喜欢狗吗？"

"非常喜欢。"

"那么或许你会想去我的实验室看看。"

"确实如此。"沃洛夫略微迟疑后说道。

"那么，明天去吧，下午的会议之后。"

"谢谢，"沃洛夫说道，"我会去的。"

晚餐之后，戴维在回自己房间的路上看到一群参会代表，他们聚在巴克斯特公寓庭院，正仰头看着大厅古老的砖砌建筑。

"可惜都用夹板挡住了，"他说，"那是一个漂亮的窗户。"

"就是我们用餐时在你背后的那个窗户吗？"津提问道。

"是的。我想人们一般看不到一扇凸窗开得离地面那么高，但我们要上楼才能进到大厅，这也不寻常。我们正在修缮这个修道院，这项工作很棘手。显然，只有一个人懂得如何修缮，他正在从容地工作。星期一，他将不得不暂停工作，因为布劳尔要公开演讲。其实，假如他只是为了那个上午的工作来也不值得，接着星期二会下雨，这雨会持续下去。"

有个矮个男人问了几个日期，以及怎么还有人敢建造这个维多利亚风格的演讲大厅，而且这个大厅与十七世纪的第一公寓庭院风格截然不同，这很不自然。

"这是个糟糕的想法，容格博士，"戴维说着，很巧妙地从这个矮个男人的翻领上看到了此人的名字标签，"但是在大约一百年之后，大概人们谈到这个建筑时会把它当作十九世纪的建筑瑰宝。"由于他们当时站得稍稍分开了，他又加了一句："沃洛夫要在我房间里聊天，你也来吧，一起喝杯餐后饮料，好吗？"

"抱歉，先生，"容格说道，"我得拜访布劳尔博士，能麻烦你指一下他的房间在哪吗？"

"当然可以，但是比起指一下方向，能有一个引路人更好。莫斯廷·汉弗莱斯……"

"是的，先生，有何指教？"

"你肯定要回你房间去吧？请你带容格博士去布劳尔博士房间的那个楼吧。"

莫斯廷·汉弗莱斯一直住在底层房间，就在布劳尔楼下，但他实际上正要和几个密友去圣尼古拉斯小巷打桥牌，不过他还是说会带路的。于是，他们两人就在通往回廊公寓庭院的拱形门下转身离去。

# 七

戴维带沃洛夫到房间里的窗户前，欣赏着窗外的围地景色，它笼罩在七月的暮色里，夜空中的月亮在空旷的绿色上撒下了一片银光。

"太完美了！"沃洛夫赞叹道，"这就是文明之光普照，不留缝隙……就餐时，我还在和布劳尔博士谈论。"

"是的，我看到了。"

"似乎他只对其工作感兴趣，这很奇怪。"

"也许这就是他喜欢留给别人的印象吧。他不是英国人，大概不喜欢我们古老陈旧的生活方式。但有个夜晚，我看到他在围地散步，他看着那一片宁静，以他那种奇特而原始的方式，表达了他的快乐。"

"他已经邀请我去看看他的实验室了。"

"嗯哼，"戴维说，"你获得他的青睐了。他通常自己关门工作，结果是，无论对错，他成了各种出名传闻的主题。"

"比如？"

"我不知道能否讲清楚，但他是那种双重性格的人。他在难得的休闲时间会很文雅，很感激在此找到了庇护地。但我认为一旦涉及他的工作时他就变得冷酷无情。你知道这类人的。哦，你要喝什么呢？就像我们开玩笑时说的那样，哪种酒是你的毒药？威士忌，还是白兰地？"

"白兰地吧，谢谢。"

"请自便，就坐这儿吧，很高兴你来这里。"

"你请我来，我觉得你是当真的。"

"是啊，是啊。我喜欢聊天。"

结果，他们就聊了一个小时，先聊起匈牙利的大学，然后又扯到了剑桥大学。

"那个伟大的时刻，"戴维说道，"就是废除了独身主义规则之时。在几个星期之内，这个学院的所有研究员都宣布他们要结婚了。我时常在想，那些一本正经的维多利亚人互相看着对方的脸，一动不动地不苟言笑，那是一副怎样的模样？"

"也许他们也会笑笑动动的。"沃洛夫说。

"但愿如此，"戴维说道，"但是从那些传记的语言来推断，我真无法相信。"

"人们不会写得与他们所说和所看到的完全相同。"

"他们应该真实记录，但那只是个理想罢了。"

"只有少数人可以做到描述精确，"沃洛夫说道，"比如，作家，只有他们才有时间去创造出一个新词来描述。"

戴维抿了一口白兰地。

"现在我们不再像语言成型时期的人那样去创造新词了。"他说道，"俚语来来去去，但要隔多久才会有人发明一个新词，比如'Aspectabund'这个词？我在一本十七世纪后期的日记里看到了这个词。想想那种杜撰新词的乐趣吧！"

"这个词是什么意思？"

"一张表情变化丰富的脸——今天的人也许把这称之为印度橡胶脸，捏一下就变了，但那只被当个玩笑。'Aspectabund'倒是一个正正经经的创造词。要是我找到机会能用一下这个词就好了，不然我是不会感到满足的。"

"你与过去的岁月有着许多悠长的回忆，戴维博士，我能看得出来。"

"是的，我估计我和太多的幽灵生活在一起了。"

"这提醒了我，先生，你已经勾起了我的好奇心。这个学院里的幽灵你可以随心所欲地召唤出来吧。"

"哦，这事！在你回房间的路上你会看到它的。"

沃洛夫看了看手表。

"现在十点半了，我想我该回去了。"

"那么一起走吧。时间还早，但我能看得出你现在满腹疑惑。"

戴维带着沃洛夫穿过巴克斯特公寓庭院，然后再穿过通向回廊公寓庭院的地下通道。

"好了，"戴维说道，"朝远处的墙走过去，当你走到通向第一公寓庭院的十字路口时，右拐，但是眼睛一直要看着远处的墙。"

沃洛夫照办了，然后回到了戴维身边。

"哦，看到我们的修道士了吗？"

"我确实看到了。"

"它过去吓坏了许多人呢。"

"这该怎么解释呢？"

"极其简单。你的背后是光线，但照得很低。当你走动时，你就在地上投下了一个长长的影子，你不会注意。可是，当你走到了我叫你右拐的那里时，那个影子已经投到了远处的墙上，爬上去了。你向右转，影子也向右转。当你消失了，影子也消失了。表面上是影子进了布劳尔的那个楼，或者就像有人说的，是直接穿过毗连的门，那个门通往院长的宅邸。恐怕这完全不值得讨论。"

"唉！可怜的幽灵！"

"确实如此。好，这是你要走的路，穿过拱门，这里是第一公寓庭院，你的房间就在那里，笼罩在粉红色的玫瑰花和月光里。那个光亮处是会议办公室，说明可敬的威洛依然在为了我们的乐趣而工作。晚安，做个甜蜜的好梦。"

于是，沃洛夫上校爬上了 C 号楼，而戴维则回到了他在巴克斯特公寓庭院的房间。他给自己倒了杯茶之后，就上床去阅读《通向绞刑架之路》一书最后五十页了。他通常每星期阅读三部侦探小说，并且善于在作者揭秘实情之前的几个章节里即已确定谁是凶手了。

"此路通向永不凋谢之地。"二十分钟后，戴维说了一句，同时关了电灯。对他来说，这从来就不是一个拖延的过程——半夜时分，反省一下他自己的小问题就已需要足够长的时间了。津提和克拉斯纳，昔日集中营里的狱友，他们有个计划。克拉斯纳是个讽刺画家，在南美旅行过；津提是个博士，除非他遗忘了什么，否则迄今为止，这并没有什么神秘之处。

## 八

大约就在戴维博士即将坠入睡梦之际，莫斯廷·汉弗莱斯为了躲避江普先生，被迫翻墙进入学院。他走出回廊，上了他那个楼。就在此时，他一头撞上了一个参会代表。那人正静悄悄地下楼，两人同时喘了口气。然后，"哇！"那个陌生人叫道，"你吓死我了！"

"对不起，先生，"莫斯廷·汉弗莱斯说道，"你也吓坏我了。我以为你是学院幽灵呢，幸好我知道你是谁。"

"让我想想，"那个幽灵般的人说道，"乍一看是有点搞糊涂了。第一公寓庭院是向左，而巴克斯特公寓庭院是要笔直走，对吗？"

"没错，"莫斯廷·汉弗莱斯说，"晚安。"

# 剑桥大学
## ／星期六

一

多年来戴维已经养成了一个习惯，早餐后在费洛斯花园散步。今天他打算待在那里不走了，直到所有参会代表都下了楼，去了庭院新的演讲大厅，不再挡道了。事实上，他想逃会。托马斯·J. 伯金海默博士来自遥远的一所美国大学，给他打电话没人接，因为他根本没去接电话。

戴维小心翼翼地打开了花园的门，绕过了第一公寓庭院，走进了巴克斯特公寓庭院。但他在花园里还没有待足够长的时间，就从邻近的拱门，也即那个通过地下通道连接巴克斯特公寓庭院和回廊公寓庭院的拱门，急匆匆地朝自己的房间走去。

"哈喽，先生！"戴维厚着脸皮说，"我相信你不是为了逃避第一场演讲吧。"津提停下了脚步，转过身来，像个孩子似的红着脸。

"不是，真的不是。我在找布劳尔博士，他不在房间里。"

"他在新公寓庭院的教室里，快结束了。今天会议应该是在九点三十分开始。"

"哦，原来如此。我还在想大家都去哪里了，我以为会议在九点四十五分开始呢。"

"不是，九点三十分，别耽搁一分钟。伯金海默博士可是在……在他谈论的任何话题上都是至高权威，好好享受吧。不幸的是，我还有个约会。"

然后，戴维回到了自己的房间，挑选了一顶宽边檐的灰色帽子，在纽扣上插了一枝橙粉色玫瑰花蕾，随后就动身出发，漫无目的地走进了剑桥神奇的空旷地带。

本科生几乎都放假离开了，可是旅游观光者乘载的公共汽车还未出现。剑桥地区一片宁静，空气清新，美丽非凡。于是，只用半个小时，他就徜徉在书和花卉之中。

然后，他忽然想起要去参观一下传教士展览馆，在市政厅后面一条小街上的一个小房间里。戴维对传教士并无特殊的兴趣，而且他不太喜欢展览馆，但他答应过兰布尔小姐会去参观，所以他必须得去一次。

兰布尔小姐非常高兴："戴维博士，你能来真是太好了！"

"哎呀，兰布尔小姐，没人比我更闲了。谢谢你为我衰退的智力提供点新知识。那么，你会带我去看什么呢？"

"从这儿开始吧，戴维博士，先环绕房间看看，最后再参观中间部分，参观目录上也是这么安排的。从服装开始吧，恐怕展品少了点，只有几串珠子，从烹调器皿到乐谱，再到各种武器，所有那些可怕的棍棒、长矛，还有吹射管等，恐怕这些是让人们最感兴趣的东西了。暴力有某种吸引力，可怜的考特尼太太上次没法把孩子们拖走。然后，再看中间部分，有制作场所的照片，有一个典型的婆罗洲传教士的模型，有儿童们制作的雕刻品，还有编织物和陶器的样品。"

"谢谢你，兰布尔小姐，所有这些听起来都非常有趣。"

"是的，是的。大家都这么说，考尔先生更是印象深刻。"

"他已经来参观过了？"

"是的，他说可能会再来看看。"

"天哪！这就表明人类的秘密无边无际。我原本以为考尔先生和这类传教士展览是风马牛不相及呢。"

戴维缓缓在房间里走动着，礼节性地观看每一件展品。但是，正如兰布尔小姐所说的那样，那些武器最为有趣。

"我完全想象不出这些武器是怎么使用的？"他说。

"什么？是那些吹射管吧？"

"是的。我本来以为一个普通人能吹出的气流就足以发射飞镖了，可那样只会让飞镖掉在他的脚上。其实并不是，飞镖会像子弹那样'嗖嗖'地飞出去。"

"我认为他们受过训练，并且都有特殊的肺部结构。"

"我毫不怀疑，一个唱瓦格纳歌剧的女高音音乐家，或许能用这些吹射管射穿橡木门，但他们不见得都能办到吧。"

"我相信它比你想象的要容易一点。它就像使用某种压缩空气的工具那样，戴维博士，像是……吹豆管……"

"哎呀！你说对了。我能清楚地想起吹豆管了，它真是这样发射的。"

## 二

兰布尔小姐曾要求杰弗里·威洛把她的宣传单子也放进信封里去，和那些会议日程安排、简明剑桥指南，还有参会代表名字牌，以及院长家花园聚会的邀请函等一起发给每个参会代表。结果，在下午的会议之后，就有好几个研讨会的参会代表认为值得去展览馆参观一下。

班伯丽小姐和埃加小姐就像油和醋那般不同，但她们一起到达。而因为住在一起，她们又像油和醋那样搭配协调了。于是，她们对叹息桥、三一大圣殿，以及克莱尔和国王教堂的优劣表示了各自不同的意见，之后又去参观了兰布尔小姐的展览馆，再次交流了一番各自不同的看法。

班伯丽小姐认为，对原始民族来说，所做的事具有永久性的意义。而埃加小姐想知道，为什么我们就不能别去干涉这些原始民族呢。

"欧洲为远东所做的就只是送他们流行性感冒和性病作为礼物。"埃加小姐说。

"但是传教士建立的医院……"兰布尔开始说。

"我敢打赌一百年前没有这个必要吧。"

"你必须得承认学校……"

"胡说！当地土著都在学许多无用的知识，比如如何使用缝纫机，谁赢得了特拉法尔加之战，还有一先令等于几便士，还有忘掉如何捕捞章鱼，以及忘掉如何制作他们自己那种极其丑陋的陶器。"

"现在，你说错了，"兰布尔说道，"第五号展柜里有几个彩绘盘子的品相极佳，而在倒数第二个展柜里，就在你走到那个吹射管之前，你就能看到一把刀，土著孩子们就用这种刀对付章鱼。"

"我说细节问题时常会出点错。"埃加小姐毫无愧色地说道。

"几乎永远是这样吧。"班伯丽小姐说。

"但我的理论依据还是充足的。我接受你那个章鱼刀子的解释，但我坚持刚才的观点，我们不应该打扰那些优秀的民族。"

"'让那些在历史书上记录为零的民族快乐吧'。"兰在尔小姐高兴地说。

"胡说，"埃加小姐说道，"卡莱尔是个老傻瓜。写'当高贵的野蛮人在森林里狂奔时'的诗人屈莱顿也是。大家都知道那个可怜的家伙在逃离其他高贵的野蛮人……"

"还有熊。"班伯丽小姐接口说。

"他们是在创造历史，但是碰巧没人去阅读这种历史。他仨并不比我们快乐。"

"你这么说是不是有点自相矛盾了？"班伯丽小姐问道。

"非常可能。我真的记不起这场谈话是怎么开始的。"

"我想是从章鱼刀子开始的吧。"兰布尔小姐有点紧张地笑笑。

"我想看看吹射管。"埃加小姐说。

"大家都想看的！"兰布尔小姐叫道，拍了拍手，装出一副绝望的样子，然后带她们穿过房间走到最大的那个玻璃展柜旁。"大家都想看这些吹射管，土著艺术都变得毫无价值了。今天下午一个匈牙利参观者就在这里……"

"我估计是沃洛夫上校吧？"班伯丽小姐说。

"他深感兴趣，因为工作的关系，他去过这片土地。"

"那肯定是沃洛夫上校了。"埃加小姐说。

"他说事实上他使用过这些可怕的东西。"

"不会比一支普通的枪更可怕吧，你只要想想就明白了。"埃加小姐说道，"真是奇怪，当丛林中一个赤裸男子，鼻孔里穿着骨器，手里挥舞的任何武器都会变得更为凶险。就我而言，我倒宁可被一支毒箭射死，而不是被一支锯短了枪管的霰弹猎枪打死。至少，一支毒箭的功效会更利索一点。"

沃洛夫上校之所以参观展览，其实是赴约去布劳尔的实验室途中顺路去看看的。而他返回圣尼古拉斯学院时，就碰上了两位女士。

"我们两人都去了那个展览馆。"班伯丽小姐开口说。

"我们猜想你前脚刚走，所以我们没在那里见到你。"

"负责展览馆的女士说你知道如何使用吹射管，是真的吗？"

"这个不难啊。"

"你学着使用，只是为了看看自己能不能用它吗？"埃加小姐问道，"或者说，你真的想出去打猎，用它射什么动物吗？"

"我射中了一只老虎，要不是我先射死它，我肯定会被它吃了。"

"不是用吹射管吧？"

"不是，用步枪。"

"那么你还没有回答我的问题呢。"

40

"我正要回答呢。我用步枪射击是为了自卫，但我不能那么冷血地出去打猎，我也喜欢动物。我只是拿一个吹射管瞄准了树干。"

"那你射中树干了吗？"埃加小姐坚持问个明白。

"是的，我善于射击。但是，我唯一想射击的动物是人，就是那种让我看见虐待其他动物的人。"

"在这个国家这种人不多。"班伯丽小姐说。

"我要说比你想象的还要多。抽打动物，不给动物喂食，这些还不是仅有的虐待方式，而且有些方式是合法的。"

"你指的是实验室里的猫和狗吗？"班伯丽小姐问道，"我从来没有为这些动物感到快乐过。"

"对动物感情用事不好啊！"埃加小姐说道，"毕竟人最重要。"

他们到达了学院入口，由于离晚餐时间还有一个小时，所以班伯丽小姐和埃加小姐便继续沿着小巷去了她们的房间。而沃洛夫上校则转向了长长的石板小路，小路通向大门。

江普先生在他自己屋里和一个房间服务员厮混，消磨时光。

"哦，"当沃洛夫经过房间窗前，蒂布斯太太说道，"那可是个坏脾气的家伙。"

"你能指望什么呢？"江普先生傲慢地说，"过几天他就会回欧洲或者其他什么地方去了。这种人不知道什么叫自由，而他们来到英国后，要么不赞成英国的做法，要么深感惊奇，不愿再回到他们的祖国去了。"

"你还从来没说过比这更真实的话呢，江普先生，"蒂布斯太太说道，"每次都跟我谈论我们的人民。"

穿过第一公寓庭院时，沃洛夫走到半路就遇到了戴维博士。

"实验室怎么样？"戴维问道。

沃洛夫并未马上回答，他先是回头看看大门，然后再看看铺在石板路两侧的鹅卵石，最后再抬头看着戴维的眼睛。

"我知道这些地方有合法的监控，"他说，"我知道大家的意见和我相反。但是，就我来说，我也不想以那种方式获得帮助。"

"我完全理解你的心情。"

"像布劳尔博士那样的人已经拯救了人类几百年的痛苦问题。我非常相信这一点，但这让我感到羞愧。"

"我很遗憾，你去过了。"

"我不遗憾。一个人如果没面对过这些事情，他就什么都不会知道。"

戴维四下张望了一下，换了个话题。

"一起去费洛斯花园吧，"他说道，"我会带你看看那棵你从未见过的古怪桑树。每年厨房会做桑葚酱，我们都会分到一罐。在学院生活里，这种事是那么令人愉快，也是某种特权。当然，假如变革者知道此事的话，桑葚酱注定会就此消失。

# 剑桥大学
## / 星期天

### 一

考特尼太太的花园聚会在星期天下午举行。草坪上那棵巨大的悬铃树倒是可以为百来个人遮挡阳光，所以，大部分客人都聚集在树荫下。在绿荫屏护之外的地方气温都很高。此外，树荫下也是食物的所在之处。因此，食物就成了话题。丰富的食物勾起了某些人对战时食品限制的遥远回忆。那时的黄油配给量是多少？居然离谱到每星期才两盎司！然后，考特尼太太又开始谈论起之前的那场战争。

"那场旧时的战争里，配给不够了，"她说道，"荷兰有人觉得用植物鳞茎做一道美味菜肴不失为良策。当然，这不是良策。我记得自己

43

还是个孩子时曾读到此事。而在英国有位老先生认为他的大黄也许可以有更多的用处。所以他就像端上菠菜那样端上大黄叶子食用。"

"草酸。"考尔说。

"太让人难过了，你说是吗？"考特尼太太说着，吃起一块生菜三明治来。"我总觉得是个奇迹，人类居然生存下来了。我们了解紫杉和有毒的颠茄，但是，还有许多看上去无害的东西却是绝对致命的，而人们肯定是通过品尝这些东西才发现的。考尔先生，你对植物的了解比数学更多。"

"谢谢。"考尔说。

考特尼太太严肃地说："请告诉我们什么东西不能吃。"

"几乎所有的东西，"考尔说，"甚至生菜里也含有草酸，可我看到你正在品尝呢。"

"菠菜里也有。"埃加小姐说。

"想想那些可怜的人们，他们居住在达特姆尔高原上用石块垒造的简陋屋子里吧……"

"我太太指的是新石器时代的人。"考特尼博士说道。

"当他们发现那些美味的欧洲越橘适合儿童时，他们一定会深感宽慰吧。"

"而让他们深感失望的是，"埃加小姐说道，"他们发现艾薇浆果不能吃。"

"我们有位现代诗人，"考尔说道，"写了一首诗《百合花色拉和葡萄酒情歌》。"

"噢，这个我喜欢。"马登小姐说。

"作为一行文字，"考尔说道，"或许你喜欢，而作为色拉，你未必喜欢。"

"尤其是铃兰，"埃加小姐冷冷地说道，"再配上剁碎的毛地黄叶子，再来点看起来不错的金莲花籽。"

"那会替殡葬人员省去很多麻烦，考特尼太太，如果你留在你的植物园里的话。"考尔说。

"即使如此，"埃加小姐还是继续用阴森森的口吻说道，"还是避免食用发了芽的马铃薯茎块吧。"

"过去人们误食乌头毒草，还以为是辣根呢。"考尔说。

"乌头毒草？"考特尼太太焦急地问道。

"一般称之为牛扁或者舟形乌头：这种名称本身就是一种警告。"

"百合花色拉，"戴维喃喃地说，"那是多么好的侦探故事名称啊。"

"昨天我去过那个传教士展览馆了，"班伯丽小姐说道，"很奇怪，是不是？世界各地的原始民族都发现了相同种类的致命箭毒。要知道那不可能永远来自相同种类的植物。"

"在肯尼亚，"埃加小姐说道，"有一种树，欧洲人称之为烛台树，因为它的树枝向上伸出，就像人们看到大教堂高坛上的烛台灯枝一样。他们还用煮烂的甲虫来刺激这种树的生长。"

"在非洲南部的喀拉哈里沙漠，那些矮个子民族，"沃洛夫上校说道，"他们用树皮背后找到的幼虫来蒸馏提炼制毒，也常常放入昆虫，但最毒的毒药一般来自树根，或者树根皮。"

"那个树根，"威洛接口说，"在东非索马里兰的树根才是主要的毒药成分。实际上，我曾亲眼看过他们制造毒药。"

"我打赌你看过。"马登小姐说，而埃加小姐则说："现在我们要走了。"她转向了琼斯·赫伯特，后者正好站在她身旁。琼斯·赫伯特脸上泛出明亮的粉红色，他不想沾上这种玩笑话。

"在索马里的米得甘有一种树叫瓦白树，当地人用它制作的毒药叫瓦白奥。他们先挖出树根，剥去树皮，再和某种我想是叫达克内亚的木头一起煮。"

"达克内亚，说对了。"邦迪尼先生出乎意料地说了一句。

"天哪！"院长说，"我们这里还有一个毒药专家呢。"

"索马里兰和意大利，"邦迪尼说着，挥动双手，强调他说的话，"你们要知道，我当过这方面的官员。"

"啊，是的，"院长说道，"哦，威洛，用瓦白奥和达克内亚，之后再怎么做呢？"

"你就把它们放在其他木头上慢慢地炖，很特别，但我认为秘诀极有可能来自迷信。炖到形成某种浓稠的汁时，气味难闻。刚制作好时绝对致命，并且即刻致死。一只鸟或者一只其他小型动物会在几秒内死掉，对大型动物或者人类，需要的时间长点，但也长不到哪里去。"

克拉斯纳从雅娜·马登背后伸出脑袋来。"我不是毒理学家，"他说道，"所以我没法讨论毒药配方的详细情况，但在亚马孙河热带雨林里，毒药也肯定是用类似的方式制作的。我曾常常见到亚马孙河热带雨林里的黑瓦洛印第安人制作吹射枪，并且使用它。他们使用的毒药也是取自两种树皮。这种毒药配方是保密的，为某些家族所垄断。黑瓦洛人不制作这种毒药，他们就得以易货贸易的方式获得。但他们也有他们自己的秘方，他们炖大蚂蚁，炖成毒汁后加入箭毒里，增加这种毒药的毒性。"

"太邪恶了！"考特尼太太喃喃地说。

"他们就是那种剥人头皮、削脑袋的人吗？"班伯丽小姐问道。

"他们中有人就是这样干的，"克拉斯纳说道，"而我也见过他们干这事。"

"真的？！"考特尼太太突然叫道，"这可是最恐怖的谈话了。"

"是你先谈起的。"院长说。

"本来聊聊大黄叶子没什么害处，可我没想到会把大家都变成一群术士和女巫。假如理查德在的话，我们的生活就不会毫无意义了。凯瑟琳，亲爱的，谈谈别的事吧。"

"实际上，"凯瑟琳说道，"我确实想问问有关星期一布劳尔博士演讲的事。院长，你认为我们把讲坛装饰一下会被允许吗？你知道的，就是把屏风放在两边，把公共休息室的门，还有窗户外的脚手架都遮挡起来，并且，可能的话，再放些植物之类的东西。"

"你得问问学院总管。"院长说着，手朝着戴维的方向挥了挥。

"我不记得以前有这么做过，"戴维说道，"但我没什么反对意见。"

"非常感谢。"凯瑟琳说。

"我可以看看能否搞到几株颠茄，"考尔说道，"还有臭菘，那可是很漂亮的植物，最适合这种场合了。"

考特尼太太对他晃了一下手指。"这是个很好的主意。凯瑟琳，你看，讲坛太宽了。我肯定能够说服韦斯特莱克，从温室里给我们搬来各种植物。"

"只要理查德还没有把它们都炸掉就行。"戴维说着，目光穿过花园，看着几个孩子在更远处的一个花坛上挖洞。

"布劳尔博士来了，"考特尼太太说，"他通常都会晚到。我觉得他不喜欢社交活动，可怜的人，他会尽量缩短社交时间。"

几位女士稍稍地调整了一下在草坪上的位置，这样布劳尔无意中就走进了仰慕者的圈子。但是，布劳尔博士显然是疲乏了，不太有心情献殷勤。

"要茶吗？"考特尼太太问道。

"正是我想要的。"布劳尔回答，仿佛在拒绝整个人群。

"我得走进那个富有魔力的围墙了，"容格对戴维说，"布劳尔博士太忙了，太神出鬼没了，我一直抓不住他。"

"星期五晚上他不是在吗？"戴维问道。

"不在。"

"哦，现在就抓住他吧。我想他会感激你的，他并不想成为一个海报俊男。"

"海报俊男"不是容格博士的常用语，戴维道歉并解释了一番。容格博士快速地瞄了一眼聚集在布劳尔周围的那些脸蛋。"我要说这些海报美女倒是在我们这里很难得，你说呢？"他轻声说道。

"除了……"

"马登小姐吗？"容格说，"是的，我同意。"

"来吧，"戴维说道，"我们大胆点。布劳尔，这里有个人你还没见过：来自慕尼黑的容格博士。"

克拉斯纳和津提一直在花园里散步，但各自走在相对的小道上。

他们在草坪延伸到东端的那座十四世纪小教堂相遇了。那里是花园里偏僻的角落，阳光照不到。

"你什么时候去拜访他的？"克拉斯纳问道。

"昨天……早些时候。"

"时间足够了，肯定会有某种反应。"

"哦，看情况而定是否……"

"这就是你计划的失当之处，正如我一直说的。'看情况而定'有时有用，有时未必。另一个想法更好，更直截了当。"

"也很危险。"

"未必。"

"我觉得我们还是别站在这里说话为好。"津提说。

克拉斯纳继续沿着花园走，直到他碰巧遇见了马登小姐。而津提则继续朝另一个方向走，直到他碰巧遇见了埃加小姐。

"要去哪里？"埃加小姐问道。

"去找考特尼太太，是时候该走了。"

"我在找，"埃加小姐说道，"某种致命的东西，去放在布劳尔博士的茶里。他太高傲了，你觉得呢？但也许你不这么想。考特尼太太在那里，如果你真的要找她的话。"

考特尼太太想过邀请几个本科生来，也许气氛会更活跃一点，但他们没有努力和参会代表相处好，于是在吃饱喝足之后，他们大多沿着碎石小道溜走了。

"你在干什么？"莫斯廷·汉弗莱斯问理查德·考特尼。

"我在把地雷埋在玫瑰花丛下面。"理查德说。

"然后理查德就会去敲诈老韦斯特莱克。"埃布尔说。

"闭嘴，埃布尔。"克拉丽莎说。

"就是的。老韦斯特莱克说我们不可以制造麻烦，然后理查德就会说：'好吧，我们会把玫瑰花丛炸掉'，这样我们就能得到我们想要的东西了。"

"找了个很好的理由，"莫斯廷·汉弗莱斯说着，边和巴格斯沿着小路走下去，边补充了一句，"你看，我尊敬的巴格斯，这是与生俱来的。如果你得不到你想要的东西，就把其他的伙伴炸翻了。你们这些不惜一切代价要和平的家伙其实根本就是在自欺欺人。你们总是在退缩，你们的心很好，但只是在帮助对方。"

"我不同意，我们得阻止那种炸弹。"

"这提醒我了，你的计划在那个方面进展如何？"

"你会看到的。没什么进展，但你不能说我没有'砰'地尽力。"

"砰！这个用词不合适，我喜欢你那种准确无误的直觉。"

"哦，别说了！"巴格斯说，"布劳尔来了。"

布劳尔正在容格博士的陪同下，沿着小路缓慢而行。

莫斯廷·汉弗莱斯对布劳尔没什么反感，只有一点，他一直住在布劳尔的楼下，两年来他时常在回廊里经过布劳尔的住所，可能的交流只是打个招呼"早上好"和"晚上好"而已，对此，他已经厌倦了。布劳尔并不是那种和本科生友好相处的人。

"快点，"莫斯廷·汉弗莱斯说道，"你说得太对了。我特别想让你注意远处那个花坛里重点展示的紫花毛地黄。毛地黄，正如你知道的，毫无疑问是玄参科植物——这类植物有轻度腹泻和催吐作用，味苦，有毒性。如同你想要观察的那样，亲爱的巴格斯，其叶子粗糙皱缩，上端茎枝没有叶柄，花卉下垂，叶片呈卵状圆形或卵状披针形。整棵植物，正如詹姆斯·胡克爵士恰如其分地描述的那样，粗壮挺直。其名称的词源，并非如你期待的那样，可'digitus'是指状物，这个词义也指花卉式样，由此有了'手套'的比喻。"

"哦，别说了！"巴格斯说道，"我要走了。我们在这个欢快之际前去告别是否恰当？"

"还是这么做为好。"莫斯廷·汉弗莱斯说。

布劳尔和容格一起谈论了有十五分钟，此时，考尔德科特在一个大大的大丽花坛旁也加入了他们的谈论。

"我不喜欢那些高大的花卉，花瓣绽开，"容格说道，"那些小小的圆形状花朵倒是很漂亮。我喜欢它们把花瓣都收拢起来的样子。"

"我认为该用'旋绕'这个词来描述，"考尔德科特说道，"这还是个很好的植物方面的形容词呢。"

"我该回去了，"布劳尔说，"我还有工作要做。"

"工作？"考尔德科特说，"听上去很一本正经。你的意思是要告诉我你的演讲还没准备好？"

"我没打算告诉你任何事，考尔德科特。再见，容格。"

"那么，希望明天能见到你。"容格说道。

"或者星期二。"

聚会结束了。有些参会代表已经离开了，其他人也往装饰漂亮的大门走去，此门分隔开了院长的花园和学院的入口处。

正当戴维走在塔楼通道时，布劳尔赶上了他。

"戴维……"

"布劳尔……"

"我……我在想……不知你今晚是否有时间？我想和你私下谈谈，我需要你的建议。"

"我倒是不知道我有那么聪明呢，布劳尔，只是年纪大了。但如果我能帮忙的话，一定尽力而为。"

"我知道你能。"

"但是……天哪！今晚不行，老兄。对不起，我要去科尔普斯餐馆吃晚餐。当然，你现在就可以来，但我没这么多时间，我还得换衣服。"

"我不想匆匆忙忙地谈话。"

"那么明天晚上大厅晚餐后怎么样？那之后你想谈多久都可以。"

布劳尔迟疑了一下，"我上午不必去上课，那个时间我来可以吗？我不想整天脑袋里翻来覆去地想这些事。我非常疲惫，此事太重要了，我无法一下子解释清楚。"

"那就来吧，布劳尔。什么时间？十点好吗？"

"我不想碰到其他人。"

"好吧……那就十点十五分吧，那时他们都去演讲厅了。这样吧，我去你那里吧。"

"那太好了。谢谢，非常感谢。"

"很抱歉，让你遭受那么多烦恼，布劳尔。但是……正如那些有趣的小小纸牌上说的那样，'也许那永远不会再发生'。"

"纸牌也就是说说而已，"布劳尔说道，"恐怕会发生的。"


二

凌晨两点过后不久，莫斯廷·汉弗莱斯，和悠闲餐馆里最漂亮的女侍者蒂莉·普尔一起，在河畔度过了一个令人愉快的夜晚。他翻过了嵌有铁锥的墙，那堵墙隔开了围地和新公寓庭院。之前旳两小时里，他和蒂莉聊了个痛快，不过翻墙进入学院对莫斯廷·汉弗莱斯倒是别具吸引力。他准备在夜里美美地睡上一觉。严肃的学者在整晚的研究学习之后，心安理得地睡上一觉，而莫斯廷·汉弗莱斯却喜欢神不知鬼不觉地睡上一觉。他谨慎地从墙上跳进了一片常青灌木丛里，然后悄然经过了一个通往巴克斯特公寓庭院的小型拱门。就在那里，他停下了脚步。脚手架背后的凸窗在月色下闪现着光亮，而在梯子脚下，有个人影闪进了通向回廊的阴影里。

莫斯廷·汉弗莱斯瞥了一眼那几根脚手架柱子。

"我那既可怜又可爱的巴格斯，"他低声嘀咕了一句，"最无可能成功的少儿奖非你莫属，免费奉上。"

# 剑桥大学
## ／星期一

一

对于少数碰巧看到的人来说，这个值得注意的一天是以早餐时的一个发现开始的：在凸窗外面的两个脚手架支柱之间，悬挂着一条小小的横幅，那可是巴格斯对世界和平的贡献，横幅上写着"严禁炸弹"。

第二个守门人，根据站在地上的江普先生发出的"这毫无必要"的指令，立刻把横幅取下了。

只有几个人看到了这个警示，她们是班伯丽小姐和埃加小姐，当时她们到达学院还早了点，所以就在早餐之前散散步。

"这没说是谁的炸弹。"班伯丽小姐说道。

"确实如此！"埃加小姐说，"你是不是对此很气恼？"

"没有，"班伯丽小姐说，"这只是一种自然而然的苦恼，但我觉得是很重要的事。"

很少有人会注意到本地报纸上一条短小但有趣的消息，有关传教士展馆发生的入室盗窃案。

"除了短暂离开去喝了杯茶之外，"兰布尔小姐对特派记者说道，"我一整天都在场。没有可疑分子到过展馆，大多数参观者我都认识。然而，就在那天展览快要结束时，我发现有一个玻璃展柜被砸破了，一件小小的土著人武器被抽走了。"

"被抽走了，"戴维嘀咕着，"好词。"

考尔走进了公共休息室。

"我想是你干的吧，考尔，闯进兰布尔小姐的展馆，抽掉了她那件土著人的武器。"

"她的什么东西？"

戴维解释了一下。

"兰布尔小姐说你去过展馆，"他又补充了一句，两眼严厉地从眼镜上方看过去，"更有甚者，她说你还想去。"

"天哪！那个女人多会歪曲别人的话。是她逼我去的，然后在我离开时，她还说：'一定要再来，你不可能一次就全看明白了。'"

"你说了什么呢？"

"只是很心虚地说了句'能来的话，我会来的'。"

"嗯，"戴维说，"恐怕在审判时，那不会对你有什么好处的。"

考尔用《泰晤士报》敲了一下他的头。

"你在这里干什么？"戴维说道，"我把这看成是个很可疑的情形。你应该在研讨会的。"

"那么你呢？"

"哦，我纯属多余，所以我乐意走就走了。"

"你不会的，对吗？"

"我有个约会，早该走了。早安，考尔，别再搞恶作剧了。"


二

最后一批房间服务员在守门人管理室把钥匙交给了江普先生，随后就慢慢地踏上了通向圣尼古拉斯小巷的长步道。突然之间，阳光下的学院就变得静谧安宁了。周围没有什么人，只有韦斯特莱克和他的助手，他们正在安静地栽种着菊花。从围地那里传来了割草机愉快的"呼呼"声。大约十一点的时候，远处的网球落地声表明巴格斯已经在莫斯廷·汉弗莱斯成功的诱惑下，放下工作去打网球了。

十一点三十分时，江普先生有意穿过第一公寓庭院，朝饮食服务处走去。十一点四十五分，他又走了回来。十二点钟，考尔回到了他住的那栋楼。他听过了十一点的论文宣读，但并没参加讨论。他走到第一段楼梯的顶端时，在布劳尔的房间外停了一下。布劳尔正在和戴维谈话，考尔没像往常那样，在房门上贴耳偷听，从钥匙孔往里偷窥，但那些话语让他颇感兴趣。

"你真的觉得你正处于危险之中？"

然后，考尔感到有点不太光彩，就步履沉重且缓慢地继续登上通往自己房间的那段楼梯。

十二点三十分时，凯瑟琳走上长步道，她要去和考特尼太太一起吃午餐。江普先生正站在门房管理室门口，看着她走来，一副很不赞同的神色，凯瑟琳居然穿着便裤！假如有某个他认识的房间服务员在场的话，他肯定会请她告诉他下一步应该怎样做。可是，他身边没人，自然就没人赞同地对他说"啊，你说对了，江普先生"。所以他只好满足于面带犹大似的虚伪笑容，向上抬了抬他的高顶礼帽表示敬意。

"上午好，江普先生。"凯瑟琳说着，打开了院长宅邸花园的门。

"上午好，夫人。"江普先生回答，又低声地加了一句，"呸！"

然后，十二点二十五分时，回廊公寓庭院和巴克斯特公寓庭院里突然挤满了去大厅的代表。但是，由于此时大家都只想着去午餐，第一公寓庭院依然空荡无人，只有沃洛夫上校回到房间里放下笔记本，又拿了一条手帕，还有容格博士回去换上了一件更为凉爽的夹克衫。他朝玫瑰色窗框外投去一瞥时心里在想，这场景多么令人愉悦，多么文明雅致。他楼下的草地被割草机精致地修剪成两层色调的绿色。距离右边的几个花坛再远一点的地方，围地躲进了一片神秘的树丛中。他的目光穿过庭院的斜角，看到戴维正站在布劳尔房间的窗前——但在当戴维走下 G 号楼楼梯的同时，容格和沃洛夫也从各自的房间里出来了，所以他们三人在一分钟之后相遇，都来到了通向大厅楼梯的排队人群后面。

"好啊，"戴维说道，"就去品尝一下百合花色拉吧。如果你们坐在我旁边，我们也许还能一起聊聊葡萄酒的传说呢。"

## 三

午餐后一俟收拾干净，凯瑟琳和考特尼太太随即开始布置演讲的讲坛。她们把从院长宅邸那里搬来的屏风，放在讲坛两边，犹如台上的两个飞翼，一个不情不愿的学院园丁从温室搬来了许多蕨类植物和盆栽植物。

"你真的太好了，韦斯特莱克，"考特尼太太说，"我会让理查德把他所谓的地雷从那个玫瑰花坛里挖出来。我们该表示一下感谢啊。"

"我能帮忙吗？"

容格博士正站在门道微笑着。

"谢谢。"凯瑟琳说。而考特尼太太则问道:"你为什么不去听演讲?"

"在布劳尔博士演讲之前没什么值得听的,"凯瑟琳说,"研讨会结束时大家都想放松一下,不然,会累得都要发疯杀人了。"

"你丈夫心地善良,威洛太太。"容格说。

"他也就对几个人如此,他知道的。"凯瑟琳正慢慢地从左墙边走下去,边走边仔细地打量着屏风,快走到正面时她停下了脚步。"我还能看过去,阿德拉。屏风没能全部遮挡住,后面的屏风还需要移出来一点。"

"我来帮忙吧。"容格说。

"太谢谢你了。它们有点沉。"考特尼太太说。

"可以了吗?"

"再移一点。停!就这样。"

"窗户那边怎么办?"

"是啊,"考特尼太太说道,"我们得把那个丑陋的脚手架遮住。"

"我只想到了门,"凯瑟琳说道,"很抱歉,你再帮个忙好吗?"

"那样可以了吗?"容格问道。

"再出来一点……不,移动太多了。好了。"

"哈,真漂亮。"

考特尼太太转过身来。

马登小姐和克拉斯纳正站在门口。"我们想来帮忙的，可来得太晚了。那是我的缺点，我总会迟到，可能在最后的审判日我也会迟到的。"

"没关系，"考特尼太太说着，在刚放置好的屏风上又放了一枝大丽花，"你想来帮忙的心也很重要。它看上去很美，不是吗？我只希望那几个讨厌的孩子别来搞出什么奇怪好笑的事。"

"比如说？"马登小姐问道。

"噢，你知道的，比如说你站起来时坐垫吱吱乱响，水瓶的水倒不出来。就那类怪事，他们会干的。去年，老博士芬恩在院长的宅邸晚餐时，他们居然设法给他送上一杯虚假的香槟酒。结果，可怜的老博士足足花了一刻钟时间也没倒出一滴酒来，克莱夫这才注意到了异常。这太讨厌了，你说呢？"

"这倒让我想起来，"凯瑟琳说道，"桌子上应该放上一瓶水和一个杯子。不麻烦你们了，我会放好的。"

于是，考特尼太太回院长宅邸去了，克拉斯纳、马登小姐以及容格博士走上了去围地的路，凯瑟琳则出去拿水了。

三分钟之后，她再走进大厅时，沃洛夫上校正站在讲坛上靠近凸窗的屏风边，看着高桌后面的那些画。

"哈喽，沃洛夫上校，"凯瑟琳打招呼，"你在干什么呢？"

"自从我来了之后，我一直想好好地看看这些画，还有窗户，"他回答道，"现在，我们快要走了。你不觉得奥尔波特尔主教非常友善吗？这是我在冷漠无情的世界中看到的一张令人宽慰的脸。"

"是的，"凯瑟琳说，"他在微笑，似乎是说'我知道……但是别担心，我不会说的'。"

"那样的话，他是每个人的朋友。"沃洛夫说。

"你来这里是为了去围地逛逛吗？"凯瑟琳问道，"大多数人都会去围地。"

"那很让人愉快，威洛太太。"

随后，他们两人就离开了大厅。之后，韦斯特莱克走进来，搬走了那些原先装盆栽植物的空盒子。

此刻，公共休息室的门开了，杰弗里·威洛向讲坛走去。他很赞赏地看了看那些花卉和屏风，稍稍调整了一下讲台，还有旁边的椅子，再走到大厅的中间位置，从右边打量了一下讲坛，然后再从左边看了看，随后，走到门边，扫视了一番全场。那正是他的作风。每个人都认为杰弗里·威洛是一流的组织者，他做事从不靠运气。

# 四

午餐之后，戴维博士回到了自己的房间，享受了一番午间小憩，时间掌握得恰到好处，他醒来时是下午三点二十五分。等他走到大厅时，那里几乎坐满了人，但在大厅后方的空地，有几个代表依然站着。沃洛夫正在和容格还有伯金海默博士聊天，他朝一只椅子指了指，而威洛则从座位间的过道走来，告诉戴维第三排有个空位。但是，此时有点晚了，所以戴维不愿意挤过去，他想起来在大厅的后方有个小小的石砌楼座，很像剧院里的包厢，也不比剧院包厢大，稍稍向大厅突出。五百年前，那可是修道院副院长观察坐在桌边的修道士的地方。这个楼座不对公众开放，但戴维是学院的成员，可以去那里。所以，半分钟后，他就舒适地坐下了，成了大厅里唯一能观察众人的观察者，除了依然站在大厅后方的那几个人之外。

下午三点三十分，随着小教堂的钟声敲响，考特尼博士和布劳尔从公共休息室里出来，走上了讲坛。就在院长简明扼要地介绍布劳尔的学术成就时，布劳尔掏出了一个小瓶子，从中取出一片药，放进了他的那杯水里。但院长可是一个致辞简短的仁慈主持人，结果，布劳尔还没来得及喝水，考特尼博士即已向听众宣布，他不再站在讲演者和听众之间妨碍他们的听讲乐趣了。然后他在第一排就座，而布劳尔则登上被花卉装饰一新的讲坛上，开始演讲。

布劳尔嗓音优美，演讲引人入胜，但戴维不是科学家，所以，他的注意力不久就转向了那些花卉和屏风了。随着他的目光移向右边，他突然注意到讲坛背后的屏风顶端有缓慢的动静。想必是某人来晚了，就有点荒谬地想从公共休息室的门进入大厅。在讲坛下看，那扇门不太明显，可在这个楼座里，戴维就能看到那门顶端的几英寸地方了。戴维能看到那扇门被打开，但他看不到是谁开的，那人肯定站在听众看不到的地方，却能看到演讲者的全貌。因此，在全场听众中，只有戴维明白为什么布劳尔的注意力突然被分散了，并且他的头猛地向左转去。他脸上闪过一丝恼怒的神色。但既然停顿了，他就顺手拿起他的杯子，喝了口水，使得停顿显得更为自然一点。随即，他放下杯子，猛然举起手伸向脑后，仿佛是在驱赶蚊子似的。他放下手之后，清了清喉咙，又开始演讲了。但是，他说了三句话之后，洪亮的声音颤抖了。一时间，他摇晃了一下，随即猝然倒下。他倒下时撞在桌子上，杯子在地上摔碎了，那个药瓶在屏风之间滚动着。

安静的大厅里仿佛突然爆炸了一般。人们开始纷纷离开座位，有人大声尖叫，有人震惊无语，有人小声惊叹，汇成一股唯声般的气流。戴维对此无能为力，只得站起来，看着这非同寻常的场景。他看到脸色苍白的津提急忙跳起来，以手掩口，仿佛是不让自己叫出声来；看到院长、考尔以及考尔德科特，还有两三个其他人，他们都快速奔上讲坛；看到凯厄斯家族的帕金跪在布劳尔身旁；还看到不知怎么的，连班伯丽小姐也到了布劳尔的另一边，用她的右胳膊支撑着他的脑袋；

而站在里面的埃加小姐正在弯腰捡起玻璃杯碎片，放到桌子上以防危害他人。布劳尔倒下时肯定割伤了自己，因为班伯丽小姐捂在他颈部的手帕上有血迹。随后是威洛，他肯定一直站在戴维视线看不到的楼座下面，此时正奋力挤进讲坛上的人堆里。

一时间，大厅里的气氛紧张而又安静。然后，院长走到了讲坛的正面。

"女士们、先生们，"他说道，"我遗憾地告诉你们，我们正身处一场严重的悲剧现场。布劳尔博士死了。那些了解他的人们都知道，他的心脏一直在向他发出警告。请各位离开大厅，我感谢各位的配合。这次会议，也即我们的研讨会就此结束。"

"那扇门，"戴维暗自说道，"那扇公共休息室的门又关上了。"

"你们中有些人，"院长继续说道，"很可能现在就想离开学院。但如果由此造成不便，我希望各位能相信，我们非常欢迎你们留在自己的房间待到明天。"

戴维离开了那个小楼座，匆忙下了楼梯。经过大厅时，他注意到邦迪尼站在敞开的大门旁，他的身后是大批向外涌动的脑袋和肩膀。他急忙走下了主楼，在底层遇见了凯瑟琳和容格。

"容格博士说布劳尔博士突发急病。"她说。

"比这还要糟糕，凯瑟琳。他死了。"

"哎呀……天哪！我正要去找杰弗里呢。"

"是啊，请吧。"

凯瑟琳转身奔上了楼梯，容格紧跟其后，而戴维则曲折地走进了回廊，沿着一边走向通往公共休息室的门。他透过拱廊，远远地瞥见了理查德，他没理由在那里啊。理查德正挥舞着一根棍棒，像个野蛮人似的。但幸运的是，理查德没看到戴维，所以，戴维博士畅通无阻地回到了大厅的另一端，距离开那个楼座才过了两分钟。

院长正在低声吩咐江普先生，后者奇迹般地冒了出来。威洛正跪在布劳尔身边，展开一块他从公共休息室拿来的布。凯瑟琳和容格就站在讲坛下面，看着他。埃加小姐还在仔细察看地上是否还有碎玻璃。班伯丽小姐看上去脸色苍白，退回到前排座位，坐在考特尼太太的身旁。沃洛夫上校一定是跟着凯瑟琳上楼进了大厅，那时戴维正穿过回廊。沃洛夫现在站在屏风旁，几乎是在屏风后面了，就在靠近凸窗的地方。帕金、考尔德科特、考尔，其余的听众背向讲坛正在离开大厅。只有津提除外，他站立不动，仿佛很出神的样子，咬着左手手指，而右手则把一块手帕捏成了一团，然后，他缓慢地转身，跟着其余的听众而去。

# 五

约翰·斯科比是布劳尔的医生，电话铃声响起时，他正在家里。于是，几乎就在布劳尔的尸体被临时移放到底层的一个房间的同时，他就赶到了学院。他仔细检查之后，便去了院长的宅邸，看到戴维正和院长坐在一起交谈。

"布劳尔已经有过好几次这种情况了，差点死去。"斯科比说道，"没什么出乎意料的情况，我可以签发证明。"

"我很高兴是这么回事，"院长说道，"尸检不是个令人愉快的事情。他站起来说话时状态还很好，然后他拿起杯子喝了口水……"

"他总是放进去一片药片。"戴维插话说。

"是吗？我没看到。"

"然后，几乎是喝水之后，他立刻就用手攥紧了背心，身子摇晃了几下，倒下了。"

"是血栓，"斯科比说道，"直接进入了心脏。"

"对非专业的普通观察者来说，"戴维说道，"在他从杯子里喝水和倒下之间有某种很奇怪的巧合，你不认为……"

"因为药片用于缓解患者的病痛，戴维博士，所以我看不出有什么不对劲的地方。但是假如你还保存着那个玻璃杯的话……"

"我们没有保存。玻璃杯在他倒下后就摔碎了，但我捡起了那个药瓶。给你，或许，这值得检验一下？"

院长收敛起笑容。他知道戴维嗜好阅读侦探小说。

斯科比看看药瓶。"看上去没问题，"他说道，"但你说得对，我会去处理的。"

斯科比离开之后，戴维说道："有件事我该告诉你，院长。这是一个奇特的巧合，因为我碰巧得知，布劳尔觉得他的生命处于危险之中。"

## 六

就在六个多小时之前，戴维按照约定，去拜访了布劳尔。他问布劳尔："噢，你这是什么问题啊，老朋友？"

布劳尔的房间被装饰得很漂亮，有锃亮精致的瓷器，还收藏着玻璃杯。这些玻璃杯很有名，曾多次被几家精美的收藏杂志拍摄和报道。布劳尔在角落几个颇具魅力的橱柜和壁柜里，放置着这些藏品，以此设法隐藏他的丰富收藏，没什么藏品被特意陈列出来，一切都被他安排得赏心悦目，大多数都放置在玻璃柜门里，以免引起房间服务员皮尔斯沃西太太的关注。但有一件藏品，高不满五英寸，却安放在壁炉台中央。那是两个小孩的塑像瓷器，他俩在上学的路上停下来，跪在一个三脚叉状的全白色斯塔福德郡树根前。一个小孩有块石板，另一个有用线系在一起的三本书——但这些都被扔在一旁，两个男孩在玩弹珠。这种瓷器造型原本极其自然出彩，却被艺术家刻意采用了鎏金螺旋纹和波浪纹雕塑的手法，这手法不光用在基座上，还用在树根上，因而显得有点传统俗气了。但相比布劳尔那些更为珍贵的切尔西人物造型，布劳尔更喜欢这个瓷器。此刻他看着瓷器的神色，仿佛它能给予他自信。随后，他疲倦的眼睛转向了戴维。

"说来话长，多年来，此事一直在烧灼着我的心。总有一种可能性使我不得不向某个人诉说一番。现在，我必须得……"

旁边的一个书架顶部，有一头趣味十足的罗金厄姆牛造型，牛身上满是棕红色的斑纹，牛脚站立在暗绿色的牧草地上，牛角被镀成金色，牛嘴张开。而布劳尔反感那个牛奶壶，总是喜欢想象这头牛在向孩子们哞哞叫唤。他移步到书架前，细致地调整了一下这头牛的位置，然后，他背对着戴维，说道："有时一个人遇到麻烦了就会想去改名换姓，我也改了。"

"那肯定是很久以前的事了，"戴维说，"你在此已经有十年了，在这之前，你在美国很出名。"

布劳尔回到了桌子边的高背椅上。

"大多数人改名是从真名改为假名，"他说道，"而我是从假名改回真名。"

对此他似乎没有任何评论，所以戴维也就没说什么。

"如你所知，我是个德国人。大约 1938 年，我开始以外科医生的身份为大家所知。但是，我反对纳粹，我不想用那个长久等待着半夜敲门声的恐怖故事来烦扰你了，反正，我后来被关进了集中营，最终进了奥斯维辛集中营。你知道那是个可怕的地方，一切都是真实的。但是，那里也有好人，没有权力，却在权力之下工作。我本来预定要被处死的，但我在那个医院囚区里有朋友。有一种老把戏，它在许多场合都有效，因为囚犯太多，而管理混乱，所以它对我也奏效了。我的朋友让我冒名顶替一个波兰医生，那个医生在到达集中营的当天就死了。我一直在床上躺了几天，假装是感染了某种传染性高热。党卫军士兵不会靠近那个地方的。于是，在适当的时候，我出来了，成了另一个人。我成了波兰医生，还留了一小撮胡须。"

方在圆中，圆外又有方，而这方又套于另一圆中，此事曲折复杂。布劳尔俯身向前，在吸墨纸上乱涂一气。戴维没有说话。随即，布劳尔说："我是个很好的外科医生。"

"我相信你是的。"

布劳尔停顿了足有一分钟。戴维什么也没说。

"我想你知道我将要说的是什么事。"

"也许我知道吧，布劳尔。"

"在命令之下，我只得对一些男女做了手术。这些都是不公正、不公平、不可原谅的错事。"

"如果此事让你感到忧虑的话，布劳尔，那就别对我说此事。我读过一些书，我尽可能了解到了那个恐怖的帕维克博士以及其余的人。我估计你认识他。"

"帕维克？"布劳尔一阵战栗，"要让我谈论此事的话，那太可怕了，绝对恐怖。"

"我很抱歉，我不该把帕维克牵涉进来。"

"其实帕维克绝不比其他人更坏。"

布劳尔站了起来，走向窗户，然后又慢慢地走回到壁炉前。他看着《玩弹珠的小孩们》的塑像瓷器，此刻戴维却仿佛觉得那些孩子们停止了游戏，正看着布劳尔。

"关键是，戴维，只有我知道该怎么做这种手术。假如我拒绝的话，我估计早就被处决了。我不知道。当然了，假如我拒绝的话，这种手术会由其他人来做，但做得更糟糕。我没有搞砸，而你必须得记住那时我不再是德国人了，我只是个受尽鄙视的波兰人。最终，我在盟军到达前逃离了。我刮掉了胡须，逃离时的身份是布劳尔博士，一个被希特勒囚禁的反纳粹分子。这是真实的事，每个人都知道此事的真实性。只有三个当时在医院囚区的人知道我的秘密，其中一个在战争结束前死了，另一个在最后的那些日子里因设法逃脱而被枪毙了。第三个人不是我的朋友，他得知了那个安排我冒名顶替的计划，但他被说服保密。长期以来，我担心此人，但年复一年过去了，什么事都没发生，我渐渐遗忘了。我设法去了美国，在战争罪犯审判中，没人能找到那个波兰医生。自然找不到，他早已死了。别以为我是在为自己辩护，戴维，但我只能心怀此事生活了二十年。我已经付出了代价……喝一杯吧。"

"谢谢。"戴维说，倒不是他需要喝上一杯，而是他认为布劳尔更需要喝一杯。

当布劳尔回到了他的座椅上，戴维说道："你邀请我买此不光是为了谈论此事吧。"

"说对了。"

布劳尔停顿了。一时间，戴维觉得他似乎有点不太确定该如何谈下去，或者是否要谈得更深入一点。布劳尔又开始在吸墨纸上乱涂乱写了。圆在方中，方外又有圆，而圆又套在另一个方中。"星期五夜晚的鸡尾酒会上，我震惊了，"布劳尔说道，"我认出了某个人。"

"不是这第三个人吧？"

"不是，不是，但他是一个来自奥斯维辛集中营的人，我敢确定。对此人，我什么都不记得了，除了他的脸。现在过去二十年了，我仍然记得清楚，一张可怕的脸。那时他对我喋喋不休地说着什么，尽他的全力抗争。他试图阻止我的工作，我把他推出了房间。那时人们总是在抗争，可能是要干些什么，但我甚至都不记得是为了什么事了。可如今他出现在这里，我看到他正看着我。假如他来此的目的不是为了辨认我，那就是非常奇特的巧合了。太可怕了……过了那么多年之后……"

"你是说……你再次卷入帕维克博士的恐怖回忆中去了？"

"那是，当然……但还有更多的事。复仇之时，人们往往不愿走合法程序。"

"你觉得你真的陷入了危险之中？"

"是的。"

"是哪个参会代表？"

"我一直在避开他，我不想打听。所以，我不能肯定他是谁。"

"在鸡尾酒会时，他在哪里？"

"我看到他时，他正站在大窗户前。"

随即，戴维回想起当时他以为布劳尔是在看着马登小姐。"那一定是克拉斯纳，或者津提，他们都来自纽约。或者是容格，他那时在他们的背后。"

"不是容格，"布劳尔说，"你在花园聚会上把他介绍给我了。之前我从未见过他，是另外两人中的一个。"

克拉斯纳和津提，从一开始，他们就引起了戴维的注意。但是，津提在那个夜晚的晚餐时，显得是个令人愉快的家伙。是不是在这两人背后还有一个重大的交易——或者是不幸的保罗·布劳尔陷入了想象中的危险和良心谴责之中？

布劳尔走到一个齐本德尔式办公桌旁，打开了一个倾斜的盖子。"我想给你看看我的遗嘱在哪里，戴维。"他指了指一个文件格，"在那里。我已经指定你为遗嘱执行人，希望你别介意。我知道本该先征求你意见的。"

"没关系，布劳尔。"

"我的科研论文都在实验室里。这里的都是私人材料。"

"这就是你想说的全部吗？"戴维问道。

可能过了足足半分钟之久，布劳尔才做了回答。他说道："还有一大堆事没说呢，戴维，但眼下还不是谈论的时机。"

"那我还要再来吗？"

布劳尔又迟疑了一下。戴维能看出他不知道该怎么办好。

"演讲之后？"

"非常感谢，戴维。是的，希望你会来。"

戴维站了起来，从窗口向第一公寓庭院望去。沃洛夫上校和容格博士正朝他们的房间走去。

戴维再转向另一个方向，他看到江普先生俯身用他那只尊贵的耳朵听一个矮个男子说着什么，那个男子身着银灰色西服，系着一根银灰色的领带。在他的翻领纽扣孔上插着一支大大的红玫瑰，不知怎的，戴维猜测在翻领背面的那支红玫瑰的花梗被插入了一个小巧的金属容器，里面有少许的水。真是个完美合理的想法，而这想法随即被推翻了，如同他想象那个假领结是另一个极其合乎情理的装置一样。江普先生扬起了一根手指，含混不清地朝着戴维的方向。戴维便立即退回到了房间里。

"哈喽！"他说道，"这些东西真是漂亮，我从未见过。"

他看着五六个漏斗形的酒杯，色泽呈淡淡的蓝色，显然产自沃特福德。每个上面都镌刻着相同的图案，一只狐狸头，图案上交织的首字母却不尽相同。"新买的东西？"

"嗯，是的，"布劳尔说，仿佛他很不乐意谈论此事，"这些玻璃杯属于一个十八世纪的俱乐部——在爱尔兰——每位会员一人一个……据说如此。"由于这是他愿意提供的所有信息，所以戴维继续问道："打算去哪里午餐？"

"我去院长宅邸。"

"那是当然。你和院长要一起去演讲大厅的。"

"是的。"

"那么……我们下楼吧。"

"我还没准备好，"布劳尔说，"还有五分钟，我得写一封信。"

所以，戴维就一个人走下了陡峭的小楼梯，在接近楼底时注意到有两条腿正站立等待着。

"抱歉，抱歉，"戴维说道，"恐怕这楼梯只能一人行走。谢谢你。"

"对不起，"那双腿问，"布劳尔博士住在这里，是吗？从没见过那么狭窄的楼梯。你知道他在吗？"

这就是那个身穿银灰色西服的男子。

"在的，在的，就在二楼，但你找不到他了。就我所知，他已经在去赴约的路上了。"

"说得对，"那人说道，"哪怕我能见到他一分钟也足够了，我敢说我就能和他约定以后见面的时间了。"

"啊，对……也许是这样吧。"

"十分感谢。"灰西服说着，消失在了幽暗的楼梯里。

"天哪！这人说的是什么没头没脑的话！"戴维一边咕哝着，一边沿着回廊走去，加入了走上通向大厅楼梯的排队人群。

"什么说得对？又足够什么了？"


# 七

"布劳尔感觉他的生命危在旦夕。"戴维说道，随即又后悔这么说了。布劳尔之死是人为的概率非常小，没理由要违背院长的想法，无论如何都不该如此。

77

"他究竟为什么会这么想？"院长问道。

"大概他的神经系统扭曲了他的想象力。我不知道，但这就是他说的话……就在今天上午说的。"

"看上去布劳尔确实在害怕什么事，但已经被他那个更为人们所接受的伪装中的死神预先阻止了。"

"天哪！希望如此。"戴维说道。

"我不希望此事引发其他混乱……但假如真的发生了，戴维，请代我密切关注吧。今晚我必须得去一趟伦敦，我该走了。我会坐明天上午的火车回来。再见，谢谢你。"

戴维从回廊的拱门离开了院长的宅邸，立刻左转去了 G 号楼楼梯。他有布劳尔房间的钥匙。西下的残阳照进了窗户，所有的人物瓷器都闪闪发亮地站在柔和的光线里。戴维走到那个办公桌前，取出了布劳尔的遗嘱。遗嘱装在一个长长的信封里，封了口。真是难以置信，就在那么短的时间之前，他还坐在这个安静的房间里，和那人交谈。那人曾经是那么热情洋溢，那么英俊潇洒，那么高大伟岸。那时他坐在桌旁涂鸦，却又那么灰心丧气，那么憔悴不堪，那么佝偻弯腰。方在圆中，圆外又有方，而这方又套于另一圆中。戴维瞥了一眼办公桌，注意到在某个图案的中心，布劳尔写了个词"斯顿夫"，字迹细小。在另一个图案的中心，他写下了"伯恩"这个词。其他三个图案的中心，是一个名字"帕维克"。

可怜的布劳尔!一个多面人。他曾是"那个波兰医生"，那又如何？那是个污点，但一个污点并不能完全遮住他性格中显而易见的善良。

# 八

戴维关上布劳尔房间的门，上了锁，下楼走进了回廊。然后他走进了饮食服务处旁的石砌地道，经过了大厅楼梯旁的诺曼式支柱，出现在夕阳照射下的巴克斯特公寓庭院。学院里空无一人，大概没几位代表接受院长留宿过夜的邀请。可走进自己的楼时，他注意到津提的房门开着，他能看到地上放着一只手提箱。房内有人在走动，那肯定是津提了。戴维略一思索，想进去打个招呼告别一下，但他随即回想起大厅里津提那张震惊的面容。他不想被牵涉进任何外行的验尸事务。此外，快到六点钟了，对他来说，他似乎更想喝壶茶。

戴维总是在他的食品室里贮藏六种茶叶，并且兴致盎然地制作混合茶饮。今天下午他觉得需要喝点茶水提神。他想喝的既不是烟正山小种红茶，也不是祁门红茶和乌龙茶，更不是茉莉花茶，当然也不是伯爵茶。他沏了一壶大吉岭茶，加入了从一罐红香柠檬里取出的三片叶子，然后把茶壶置于托盘之上，放在靠窗的桌子上，从窗口可以俯瞰围地。桌子上放着两本新小说：《九月里的死亡》和《西蒙·卡西迪的最后遗愿与遗嘱》。戴维不由自主地伸出了手，稍停一下，又收回了。他究竟在想什么？这不光彩。然后，他从口袋里掏出了布劳尔的遗嘱，放在托盘旁。他觉得应该打开看看，但还是等等吧。此时，他需要音乐。戴维拥有一架非常昂贵的唱机，他在上面放下了《阿里阿德涅在纳克索斯》唱片的最后一面。

在音乐声中，戴维没有听到连续两次的敲门声。因此，当房门被悄悄打开，现出了脸色苍白、迟疑不决的津提时，戴维大吃一惊。

"请原谅，我非常想和你谈谈。"

"进来吧，亲爱的伙计，"戴维说道，"我刚喝了点茶，一起喝吧，请坐。但请听完这曲再说吧。"

"我总是认为，"当音乐达到了它辉煌的结尾后，戴维开口说道，"人们可以创作有关地中海的诸神和女神的音乐。我不知道是不是因为他们太美丽了，还是因为我们赋予了他们人的属性，但对我来说，他们是真实可信的。另一方面，北方的诸神，还有所有那些一本正经的超人们，手持长矛和圆盾，头发里长出角来——他们不在我们的经验范围之内，我不相信他们的存在。我不只是指音乐家瓦格纳，你知道，所有那些有关凯尔特诸王、十字军战士们，以及博阿迪西亚女王的作品，都是沉闷乏味之作，毫无人类的兴致。但是一个希腊的神，现在……"戴维猛然意识到津提并未听他说话。

"请你，"津提说道，"请听我说……我有件事必须得告诉你。"

"对不起，我有点喋喋不休地说个没完了。你有什么话，请尽管说吧，如果我能帮上你的忙……"

"你帮不了我任何忙，先生……除了听我说。"

"我很乐意听你说。"

"我曾认为我能干点什么事，然后脱身离开，"津提说道，"可现在我意识到我办不到。我内心备受煎熬，我得摆脱它，我必须得告诉某个人。我曾觉得我会为我干的事而骄傲……可我现在并没有！我反倒为此事感到羞愧，我真希望我没干过此事。复仇，来自上帝的是对的，但不该来自人。"

他停顿了一下。戴维借此机会给他递上了一杯茶，茶水又浓又热，还有甜味。他想，这或许有用。津提喝着茶，戴维则观察着他。他看到了一个身材高大、棕色皮肤的男子，有着一双明亮的蓝眼睛，却镶嵌在一张消瘦的脸庞上。他有着美式的短发发型。津提放下茶杯时，茶杯在茶碟里咔咔作响。

"唔，"戴维说，"你干的这件事是什么呢？"

"我谋杀了布劳尔博士。"津提说。

"你谋杀了布劳尔博士……究竟是怎么了？"

"我本以为你会问'为什么'，而不是'怎么了'。"

81

"唔，那么……为什么呢？"

"因为布劳尔是个杀人犯。戴维博士……我会告诉你一些事，你不知道的事。布劳尔是奥斯维辛集中营里那个臭名昭著的医学团队成员。"

"我确实知道此事。"

"你真的知道？"津提深感惊奇。

"今天才知道。今天上午他对我谈了他的事。"

"他告诉了你？为什么？"

"我想因为他感到他有暴露的危险，所以他想跟某个人谈谈。"

津提呼吸急促了。

"他对你说了多少？"

"我想，不太多。我们只是简短地聊了聊，并且是断断续续的。"

"别说了，"津提说道，"我会告诉你。"

"当然。"

"假如我没有受过训练成为医生，我不会活到现在。由于我是个医生，我被送到集中营的医院囚区派用场。已经有那么多的人写过那些事情了，我就不必再形容那里发生什么事了。幸运的是，我很年轻，没有重要到能在某个医务岗位独当一面。我只是个护理，我从来不必去做那些让我羞愧的事。但我是一个见证人，我永远无法忘记我看到的事。负责管理这一切事的是帕维克博士。"

津提抬头看着戴维,差不多是在说"你知道这个名字"。戴维点点头。

"战前,我生活在捷克斯洛伐克的一个小城镇里,靠近匈牙利边境。我当时订婚了,她的名字叫玛利亚,她是我好友的妹妹。战争结果一下变成了那个样子。我应征入伍了,再也没有见到过玛利亚……只有一次。没多久,我就进了战俘营。过了一阵,由于某种奇怪的运气,我的朋友也被送到了同一个战俘营,我们一起度过了很长一段时间。"

津提停顿了一下,用手帕紧张不安地擦着脸,此时戴维说:"我猜,你的朋友是克拉斯纳吧。"

津提吃了一惊。

"克拉斯纳?为什么你会这么说?"

"你在星期五的晚餐上提到过他。"

"也许提到过吧,但我在战俘营里只能有一个朋友吗?一个人需要许多朋友,上帝知道的。不……不是克拉斯纳。当然不是。"

"对不起,"戴维说道,"我推测过度了。"

"可我的好友没法和我在一起,两年之后,他们把我送到了奥斯维辛集中营。我在几个月里干过各种事,然后有一天,我被吩咐去一个实验室当助手。我的工作在后台,但我有时忍不住去看看那些被送进手术室的男男女女。一天,一件最恐怖的事情发生了,我看到……"

津提两手掩住了眼睛。

83

"你觉得你必须得告诉我此事吗？"戴维说道，"如果此事让你感到不舒服，那就请别说了。"

"不……我必须得告诉你。我看到了……我看到了玛利亚。我必须进入手术室去拿什么东西……而她就在那里，躺在手术台上。通常，我们都是试图别引人注目……但当时我失去了控制。我冲上前去，想说什么话。我真的不知道发生了什么事，我就被推搡出了手术室。我至今不知道她发生了什么，但我能猜到。"

"我已经听到过这个故事的一部分，"戴维说道，"那是布劳尔博士做的手术。"

津提睁大了眼睛瞪着他。"我想你理解我所说的事。"他说。

"我想我能理解。"

"那么，为什么还继续说着布劳尔博士的假象？为什么不说帕维克博士干了此事？"

"帕维克博士？"

戴维从椅子上站了起来。

"布劳尔博士就是帕维克博士。难道你不知道？"

"不，我不知道。我从来没有这样想过，我无法相信。"

"你必须相信。帕维克并没有像其他的战犯那样受到通缉追捕，因为人们以为他已经死了。但他只是逃到了美洲而已……就像许多战犯

84

一样。没有几个人能认出他来，见过他的人通常都死了，你知道的。但我和我的朋友从未放弃。我们在美国又重逢了，你要明白。我们能感觉到他肯定还活着。终于经过了二十年的等待之后，我在一次讲座上见到了他。我参加了整个讲座活动，仔细观察他，我确定了。然后我们决定利用这次研讨会的机会动手。我们发现，他服用那些药片。我研究了药片确切的形状大小，用乌头毒草制作了外形相同的药片，就一片。乌头毒草会导致心脏衰竭，最后使人昏厥而死。在一个原本就患病的人身上，我知道这种药的药效是立竿见影的。我承担了把毒药放进帕维克药瓶的任务。第一夜我去了他的房间，但房间外的门被锁上了。就在我下楼时我遇到了一个年轻人，他正要走进底层的房间去……"

"莫斯廷·汉弗莱斯。"

"我非常害怕会暴露自己，但没发生什么事。然后，我在星期六上午，估计他会出门的时间里又去了一次。"

"我遇到你的时候，你正要离开是吗？"

"是的。他的房间门开着，因为他的……他的……"

"房间服务员。"

"房间服务员在那里。我说我想留个便条，她就随我去了。在桌子上就有那个药瓶，我悄悄地把药片放了进去。这看起来是个极其不确定的机会……却一试即中。接着，我们就等待着。无疑，他随身带了另一个药瓶，大概要过好几天那个药瓶里的药才能吃完。我希望如此，假如他在一星期之后才吃了毒药，没人会有线索了解到发生了什么事……但是，不……此事的发生必须被我目睹。戴维博士，可我又不是那种能干此事的人。"

"我不理解你为什么不保密，你要知道……"

"我深感恐怖，觉得我就是一个冷血的、令人反感的、精于算计的凶手。"

"是的……但你必须得知道，我没法保密。去通知警方是我的责任。"

"我清楚这一点。我要你去通知警方，我不想活下去了。我唯一希望的就是帕维克去死，但我很遗憾，我不得不成了杀死他的人。"

戴维的电话机就在客厅和卧室之间的那个小前房。他才离开了不到一分钟，等他回来时津提就已经消失了。戴维拉开了房门，正当他走到楼梯平台时，他听到一声猛烈的"啪"声，显然是来自楼下。他匆忙走下了楼梯。津提的房门依然大开着，那个手提箱依然如他先前见到的那样放着。房间里没有人。

戴维踏上地毯，推开了卧室门。那个三分钟之前还和他谈话的人，正四肢伸开，躺在床上。一把左轮手枪掉落在地上。非常明显，津提开枪自杀了。更确切地说（戴维自己做了纠正），非常明显，他遭到枪击了，很可能是被他自己开枪击中。但是，窗户大开。

## 九

高级督察霍奇斯转动钥匙，锁上了津提的房门，随戴维上了楼。

"当然，必须验尸，"他说道，"但据你所说，很显然是他开枪自杀，并且毒死了布劳尔博士。我可以借用一下你的电话吗，先生？"

"当然可以。"

"我必须和斯科比博士联系一下。"

戴维还没来得及从一个墙角壁橱里取出玻璃水瓶和玻璃杯，霍奇斯就回来了。

"他马上会来的。当然，我没有时间去完全了解这整件事，但他要我告诉你，你对布劳尔药瓶的说法是对的。那里面六片药没问题，但有一片有问题。他说这很重要，并说你会明白他的意思……所以，我很感谢你告诉我。"

戴维睁大眼睛看着他。

"我非常肯定那意味着什么，果真如此，那么，楼下那个可怜的人自杀得毫无价值了，因为只有一片毒药。津提意在毒杀布劳尔，他以为是他毒杀了布劳尔。但如果那片毒药仍旧在的话，那么说明他并没有杀死布劳尔。布劳尔很可能死于自然发作的疾病。"

"也许他是死于自然发作的疾病，戴维博士。但也许不是，我得把这桩死亡案报告给验尸官。"

"那会产生什么后果呢？"

"他将下令尸检，县里的病理学家会执行。立刻就会……那很重要。"

"你什么时候能得到结果？"

"难说。我认为有关布劳尔的尸检报告不会在星期三上午之前完成。那样的话，调查讯问会在星期四进行。你必须就津提博士之死提供证据，先生。"

"我很讨厌此事，"戴维说道，"什么时候？"

"我希望是星期五。在另一个案子之后吧。"

十

他从来没有觉得那么不想上床休息。斯科比直到晚上九点才离开，直到晚上十一点尸体才被搬走；而直到那时，戴维才想起自己还没有吃晚餐呢泡了茶，还有一听巴思奥利弗饼干。他依然不想阅读《九月里的死亡》。他拿起了布劳尔的信封，又放下了。他也不想碰那个信封了，太烫手了。面向围地的窗户开着，但在一片阴云之下，大片的绿草地变暗了。明天将要下雨了。钟敲了十二下，戴维坐下来，给远在澳大利亚的侄子写了一封信。随后，又给远在美国的朋友也写了一封信。接着，他为三个账单开出了支票。他在设法分散并转换自己的思绪，但他依然感到十分清醒，于是他想闲逛到守门人的管理室那里去投寄信件。

他穿过了巴克斯特公寓庭院，随后，由于他对看到自己的身影投射在回廊壁上的景象总是怀有孩童般的乐趣，他决定从地下通道走到第一公寓庭院去。可是，他才走到罗马立柱那，早在他的身影没射到远处的墙壁上之前，就有另一个身影穿过回廊，消失在 G 号楼处……或者是消失在院长的宅邸处？这是个老问题了，每次都会冒出来。

有几秒钟，戴维几乎害怕了。然后他意识到了显而易见的事实，他看到的是一个人，不是鬼影。他继续走过去，向右转向了第一公寓庭院，稍感烦恼。他喜欢毫无意义的修道士形象，见到一个神秘的陌生人像某部哥特式小说里的复仇者那样在学院里游荡，他根本没有心思与其逗乐。尤其是，那人估计是考尔，或者也许是那个非同寻常的莫斯廷·汉弗莱斯，从他那子虚乌有的黥夜冒险中回来了。那不可能是院长——他还在伦敦呢。戴维瞥了一眼那些窗户，底层是莫斯廷·汉弗莱斯的房间，暗着；那么，好了，是二楼，而考尔的房间里有灯亮着，那么是考尔了。戴维投寄了信件，回到自己的房间之后，有点心烦。他上了床，不想再阅读了，便关了灯。布劳尔很可能就是自然死亡。是的，但现在还有些疑问。如果津提失手了，或许他的朋友克拉斯纳反倒成功了。因为津提曾相信是真的成功了，所以现在还必须要对布劳尔做个尸检加以证实。

戴维凝视着幽暗的天花板，脑子里把那漫长的一天里的各种情况又回想了一番。有两个人对他倾吐了心中深藏的秘密，而他则看到这两个人都死去了。津提独自一人死于空荡荡的学院公寓房间里，而布劳尔则在公众场合，站在讲坛上，身边围着——不，不是身边围着——而是面对着大约两百来个听众死去。这个场景清晰地铭刻在他的心里，如同弗里斯创作的那些令人眼花缭乱的维多利亚时代的画一样——《德比马赛日》，或者《火车站》，每个人物都刻画清晰。那些男女听众怎么会与此有关呢？他们中无人靠近他。他们所有人都在大厅里有固定的位置，这可由左右邻座作证——除了那些站在大厅后面的人，他们离悲剧发生点最远。沃洛夫就在大厅后面，还有威洛也是。

还有第二个稍有不同的画面——那是他推开公共休息室的门，走上讲坛时所见。班伯丽小姐已经坐下了，那时威洛跪在布劳尔身旁。埃加小姐注视着地上，她手里拿着几块碎玻璃；津提受到惊吓的脸庞；江普在和院长说话；考尔德科特和帕金静静地站在讲坛的左边；而在另一边，沃洛夫站在凸窗旁，几乎是在屏风背后了；考尔独自站在奥尔波特尔主教的肖像画下，一抹阳光为奥尔波特尔主教这位学院缔造者的目光里增添了几分富有洞察力的神色；容格和凯瑟琳在讲坛下，站在一起，他们的目光紧盯着杰弗里·威洛。

就戴维而言，正当他徘徊于睡眠的边缘之际，头脑中出现了某种模糊的感觉，他感到有什么地方不对劲。难道是某人做了什么，说了什么，看到了什么，在哪个地方，这些都不太对劲？他很可能到了早晨就会想起来，可天晓得，那时已经快到早晨了。戴维博士陷入了深深的睡眠之中。

但对夜行者来说，还不算晚。就在此时，一个动作不熟练的攀登者，沿着莫斯廷·汉弗莱斯通常进入学院的路径，极其艰难地翻墙爬出学院；而另一个人，不那么笨手笨脚，悄然从巴克斯特公寓庭院返回，走向学院另一部分的一幢楼。

小教堂的钟敲了两下。整个高贵的圣母埃德温娜学院里一片静谧。

天空开始下雨了。

# 剑桥大学
## ／星期二

### 一

戴维醒得很早，才六点三十分，但他已经完全清醒了。然后，正如男人的通常习惯那样，他脑袋里想到的第一件事就是昨夜想到的最后一件事。他在心里反复地思忖着这个小问题——讲坛上的场景。考尔、威洛、院长，以及帕金都有理由在那里。考尔德科特……嗯，或许也有理由在那。但是，为什么埃加小姐会那么好管闲事地去收拾那些碎玻璃片？大惊小怪？为什么班伯丽小姐如此身手敏捷地当起了护士？慈母心肠？至于沃洛夫……他似乎根本没帮什么忙。

然后，另一个问题盘旋在他脑海里。在演讲中，是谁打开了讲坛边上的那扇门？而当自己通过回廊走向公共休息室……为什么没有遇到那个本该与他几乎同时从一扇门离开的人？他们可能仅仅相差了几秒钟就错过了，但他没有遇见任何人，除了凯瑟琳和容格，那对他们站在大厅楼梯脚下。

他过去从未见过凯瑟琳穿便裤——她那时看上去身材修长，又像个女汉子似的。在戴维的观念中，二十岁以上的女子不应该再穿裤子，尤其是那种紧身裤——要是超过二十岁的女子，知道自己扭动的屁股可能会遭到取笑的话，她们肯定就不会穿裤子了。考尔德科特太太就是个例子。他曾有一次见过她在花园里工作，那景象还真让人清醒——足以证明那些闲言碎语的谣传不无道理，那谣传说考尔德科特并非完全忠于考尔德科特太太。听起来很奇怪，这些奇特的人居然宁要时髦，而不要赏心悦目。比如那种粉紫色的口红，难道她们没有意识到，这会让她们看上去就像刚从死人堆里爬出来的吗？或者说，她们真的不在乎？至于新颖的短裙和那些不雅观的膝部——这比考尔德科特太太的背影还要糟糕。戴维又想起了在鸡尾酒会上考尔德科特对马登小姐所做的粗鲁评论，如此一来，因为这三个女人，他的思绪又回到了那个关键问题。他没有见到任何人——但是，想想吧，另一个人或许根本就没有逃离。他完全可以躲进公共休息室的衣帽间里，又或者他趁着混乱，大胆地走到讲坛上，没人注意，然后随着大家从正常的通道离开了。

星期二必然是个等待的日子，此时，雨下得很大。戴维起床后，泡好上午茶，然后他打开了布劳尔的那个长信封，里面有一份简短的遗嘱。除了一项遗产之外，布劳尔把一切都捐赠给了圣尼古拉斯学院："我在这里找到了安宁。"

还有一封信。


亲爱的戴维——

我刚才向你吐露了一个天大的秘密。我不知道你是否会保密，或许在我死后，你保密不保密都无关紧要了。


戴维把信放到膝盖上，看了看外面的倾盆大雨。他已经保守了布劳尔秘密中的主要部分——那个部分，甚至连布劳尔都不知道他已经知道了。戴维对霍奇斯谈了津提所说的故事中的大部分内容——那时，这似乎是必不可少的——但他没有提到津提已经辨认出布劳尔就是帕维克的事，那可能不是事实，而津提已经死了。

戴维继续读下去。


你会看到我把《玩弹珠的小孩们》还有我喜爱的《罗金

厄姆奶牛》留给你。我特别希望你收下，以此纪念我们之间珍贵的友谊。请即刻把它们拿走吧。

我其余的收藏品都捐赠给学院。你刚才看着那些俱乐部的玻璃杯，我不想欺骗学院，所以我必须告诉你，我已断定它们是赝品。我觉得我从未受骗上当，我不是在某个拍卖会上获得它们的，也不是从经销商那里买下的。一个做小生意的人就这些玻璃杯写信给我。他的名字叫斯顿夫，他有个奇特的小地方（各种意义上都很奇特），在达尔奈街，从大罗素街分叉出去的一条小马路上。

斯顿夫？戴维思忖着。斯顿夫？那就是布劳尔在吸墨纸上涂写时，写下的名字之一。然后，他又回想起在星期一他们谈话结束时布劳尔的神色。还有许多话没说——"一大堆的事没说呢"。那会不会是有关斯顿夫和另一个人物伯恩呢？要设法弄清楚在布劳尔绝望之中·涂写出来的斯顿夫和伯恩这两个人，这对了解布劳尔生前的故事意义重大。可布劳尔死了，那就不可能知道他们两人在布劳尔的故事里是否依然那么重要了。

我希望我的事不会给你造成太多的麻烦。

你——我正要写"永远的"，但等你读到此信时已没有意义了……

所以，我就写……

你亲爱的朋友

保罗·布劳尔

戴维把信和遗嘱一起放回了那个长信封里。小教堂的钟敲了八下。院长要到大约十点三十分才回来，还要等两个半小时，戴维才能跟他汇报所发生的事。戴维朝窗外看去，雨停了，万物沐浴在阳光之中。他决定早点散步去国王学院。

周围没什么人。即使是守门人江普先生的管理室，也在稍远点的隐蔽处。所以，戴维穿过长步道时无人看见。随后，他右转走进了圣尼古拉斯小巷，小巷在他眼前向前伸展，几乎如同一百年前那样宁静空旷。桑特利先生是个优秀的理发师，此刻正站在他自己的小屋台阶上做着清晨的深呼吸。一个邮递员沿着悉尼大街经过。在休威尔公寓庭院那阴沉的外墙前，有两个房间服务员在互道早安，聊聊天气。"下场雨，"她们觉得，"会让一切都变得生机勃勃。"

戴维钻进了万圣走廊，在另一个尽头向左拐进了三一大街。一辆出租车等候在蓝野猪酒店门前。就在戴维走近时，有两个人从酒店里

96

匆忙出来，钻进了出租车。他们是邦迪尼和沃洛夫上校。"暂住一夜，"戴维对自己说道，"他们倒是很通情达理，昨晚没住在学院。"但此刻他的心思又回到了研讨会和津提，他无意再散步走得更远了。在三一大街的尽头，他转向了此刻安静的市场，便回去了。他会走回到院长宅邸那里，他心想，在花园里转转，再去院长的书房等他。可凑巧的是，他这么做就对了。令人吃惊的是，院长已经在那里了。

"晚餐结束得早了一些，所以我就乘坐了那趟'私通者的火车'回来了，大学里初来的成员们都这么叫它。"

"我一直觉得那个叫法怪怪的，"戴维认真地说道，"火车本身无罪。我们在此有一个经典的例子，既是移位修辞法，又是情感谬误。"

"我不知道这个绰号是从什么时候开始的，可能是爱德华七世时代的玩笑？"

"我不太肯定。火车引擎有诸如罗伯·罗伊，还有多佛城堡之类的名称。而剑桥私通者，"戴维一本正经地说，"这个名称倒是更适合公共马车。想想在匹克威克那个年代，匹克威克每天黄昏从雪山出发倒也不无乐趣。"

"但即使在那时候，这也是一个移位修饰法。"

"当然了，但是在前拉丝金年代，又不是一个情感谬误的例子了。"

"假如你在一篇简短的论文里展开这个观点的话，"院长说，"我觉得我们能授予你一个博士学位。现在，请你告诉我新的情况吧。我肯定你已经了解了许多情况。"

"确实如此。"戴维说着，一屁股坐进了扶手椅里。

## 二

"唉，"考特尼博士说道，"假如津提的供认结果是个巨大的错误——正如你认为的——那么，我们还在原地，毫无进展。"

"不完全如此，还有他的朋友呢。当我推测他的同谋朋友是克拉斯纳时，津提发怒了。不过我倒认为，那只是为了保护克拉斯纳而已。他说得太多了。但假如我说对了，那个同谋者就是克拉斯纳的话，那么，他可能已经实施了另一个计划。"

"如果他觉得第一个计划已经成功了，那么他就不会实施第二个计划了。"

"啊……但那时已经没有时间了。如果克拉斯纳有计划——我认为他肯定有——他可能会决定不再等下去了。"

"假如他的朋友不是克拉斯纳的话，你甚至都不知道他那时已经在剑桥了。"

"是的。"

"这点很重要。"

考特尼太太走进了书房，手里端着两杯咖啡。

"对我而言，这极不可能，"院长说道，"但假如尸检确实指出是谋杀的话……我们正在谈论的那个可怜的布劳尔，看起来有麻烦了。"

"这一点也没让我感到惊奇，"考特尼太太说道，"星期天下午所有谈论都是有关毒物的，那只会惹麻烦。"

"那么就算是克拉斯纳吧，还真是头号嫌疑人呢，还有谁能够给布劳尔下毒呢？他很安静，毫无恶意，还很讨许多目光敏锐的人喜欢。"

"还真是！克莱夫！"考特尼太太说道，"你是个最为单纯的人，这点你同意吗，戴维博士？考尔先生从来就不喜欢他，这我知道；考尔德科特博士——雄心勃勃；杰弗里·威洛——也是雄心勃勃；就布劳尔说的某些观点，我觉得沃洛夫上校不太赞同他。那么就先从这四个人说吧。"

"天哪！"院长说。

戴维从回廊的门出去，然后转向 G 号楼。他想完成布劳尔的遗愿，在皮尔斯沃西太太实施她长久以来一直抑制着的清洁整理的雄心之前，去把《玩弹珠的小孩们》和《罗金厄姆奶牛》拿到手。可当他走上楼梯后，他第一眼看到的不是布劳尔房间外面的橡木门，而是皮尔斯沃西太太撅起的臀部，她显然正在试图从门上那个大钥匙孔向里窥视。戴维立即得知皮尔斯沃西太太无法执行她那雄心勃勃的理想了，因为房间钥匙莫名其妙地丢了。

公寓房间的钥匙都是挂在守门人管理室里的一块木板上，每个房间服务员都准确地知道哪几把钥匙属于她管理的楼号。但今天上午，当她去管理室取这个房间的钥匙时，这把钥匙已经不在了。"你可真把我吓了一跳，"皮尔斯沃西太太说道，"我在这个学院工作期间，从来没有归我管的钥匙不见过。只发生过一次，我想起来了，是 Q 号楼的塔伦特太太的房间钥匙，但从来没在 G 号楼里的房间发生过。'哦，江普先生，'我说，'我昨天上午亲自把钥匙放回原处，我很清楚地记得这件事。如果有人动用过了，那个人最好把钥匙还回来。'"

"嗯，幸运的是，我有把钥匙，皮尔斯沃西太太，"戴维说道，"但实际上，此刻如果我们能让房间保持原样，那就更好了。我是布劳尔博士的遗嘱执行人，所以我要检查一下他留下的所有东西。"

"很好，先生，"皮尔斯沃西太太说道，"如你所愿，那就这么办吧。"

"谢谢，皮尔斯沃西太太。"

于是，皮尔斯沃西太太便继续上楼了，她呼吸沉重，但精力旺盛，还能动用暴力去对付她将会在考尔的房间里发现的第一个脆弱物品。

戴维走进了房间，颇感满意地注意到《玩弹珠的小孩们》里的小孩子们依然安然地沉浸在他们的游戏之中，而那头《罗金厄姆奶牛》仍然在书架上张望着。他四下端详了一会儿，随后走进了卧室，穿过房间，走到那扇向下能看到回廊的小窗户前。他站在那里，更多想着皮尔斯沃西太太的情绪，而不是他已故朋友的悲剧。正在此时，从他刚离开的那个房间里传来一个轻微的嘎吱声，这打断了他的思绪。戴维踮起脚尖，轻轻地走到半掩的门前，从门铰链撑开的缝隙中看过去，原来是考尔。

"哈喽！"戴维说着，推开了门，走进了房间，"你怎么来了？"

"是橡木门，"考尔说，"门开着，我觉得我该进来看看。我也很好奇，我已经有多年没进这个房间了，我想看看那些著名的收藏品。我承认曾经猜想过他是否真的知道，我有点令人讨厌。看看这个迈森瓷器《欧罗巴和公牛》，真是辉煌啊。你又怎么会在这里？"

"我是布劳尔的遗嘱执行人。"

"噢，那我最好还是别打扰你了，"他在门口转身又补充了一句，"如果我能帮上你什么忙，尽管直说。"

"非常感谢，考尔，但我想我能够应付。"

考尔点点头，转身就要离开。

"他们查出是什么东西袭击了他吗？"考尔说着，手放在门把上，停顿了一下。

"我还没有听到什么证据可以推翻原先的推测，也就是血栓症。"

"嗯，"考尔说，"我只是在猜测。"

# 三

戴维把《玩弹珠的小孩们》放进一个口袋，再把《罗金厄姆奶牛》揣进另一个口袋，随后锁上了房门。有关房间服务员钥匙丢失的事有点奇怪，所以，在回自己房间之前，戴维去了守门人的管理室。

"这把钥匙是怎么了，江普先生？"

"我不清楚，先生，但皮尔斯沃西太太应该为此负责。"

"我不知道发生了什么，江普先生。但当她把钥匙放到这里，钥匙就不是她保管的了。"

"噢……但她确实放到这里了吗？"江普先生的脸色阴沉了下去。

"我得说，"戴维说道，"现在我想到钥匙的事，有点不太稳妥。如果你碰巧背对着管理室，或者你的注意力稍稍分散了，任何人都可以毫不费力地拿走钥匙。顺便问一句，那是什么？"戴维指着一把钥匙，那钥匙被稍稍塞在几张报纸下面，而这些报纸就放在江普先生最靠近门口的柜台角上。

江普先生仔细查看了那把钥匙。

"就是这把钥匙，"江普先生说着，脸色微微一红，"正像我想到的那样，皮尔斯沃西太太肯定是昨天上午放在那里了，虚惊一场。这几个房间服务员……"

"找到了，太好了。"戴维说着就回巴克斯特公寓庭院去了。

回到自己的房间后，他就把这两件瓷器放在它们早已习惯的位置上，《玩弹珠的小孩们》放在壁炉台上，《罗金厄姆奶牛》放在邻近的书架上。

"冰冷的田园景色！"戴维引用诗句道。

"当旧时代被这代人荒废殆尽，汝仍永存。"

前提当然是，皮尔斯沃西太太的努力，还有花费的时间，不至于被他自己的房间服务员蒂布斯太太所糟蹋。他明天必须得对她说一下。而他非常清楚蒂布斯太太会说的话："我敢肯定，戴维博士，自从我到这个楼里来，你没有理由抱怨什么。我一直小心谨慎。实在是太小心了，我可怜的丈夫总是这么说我。"然后，戴维就得说他从未享受过比蒂布斯太太提供的更好的服务了，不过他觉得他应该让她对新的物品注意些。然后，蒂布斯太太就会说这让她感到神经紧张。最后他会说："那就别去管这两件东西了，蒂布斯太太，我宁可自己来承担责任。这样，出问题就是我自己的错了，不是其他人的错。"接着，"如你所愿吧，戴维博士。"蒂布斯太太会这么说，然后在接下来的二十四小时里会端着尊严行事。蒂布斯太太和皮尔斯沃西太太一样，只要侵犯到她的隐私，她就会变得尖刻起来。

戴维看了看手表，才十点半。漫长的一天还在继续，充满了各种猜测和不确定因素。

# 四

就在《玩弹珠的小孩们》和《罗金厄姆奶牛》入驻新家前不久，九点钟从剑桥开出的火车已经隆隆地滑入了利物浦大街车站。此刻，经过四分钟的喧闹，站台上又重归寂静了，只剩下三个搬运工在行李车厢工作，还有一个清洁工快活地忙着收集乘客扔掉的报纸，清扫香烟盒子，偶尔捡起一只乘客掉下的手套，或者一把孤零零的无主雨伞。

艾达·特罗特不是那种会把邦德大街的行为方式和肮脏工作结合在一起的清洁工。她没有戴耳环，头发没有刻意染过，也没有涂口红或者指甲油。她身材结实，头发灰白，脸颊红润，圆鼻子，一双眼睛如猫头鹰眼般躲在厚厚的镜片后。她左手上戴着一枚金戒指，是四个成年孩子的母亲。

艾达沿着火车一路走去，乒乒乓乓地打开车厢门，又关上，她边走边对自己高唱着《浅水塘里的百合花》，那是她昨晚从电台里一个怀旧节目中听来的。她觉得那些老歌远比现在听到的喧杂歌曲要好听。"她就是我的浅水塘里的百合花"，艾达唱着，打开了最后倒数第二个车厢门，"她就是我的百合花……"唱到一半，她停住了。

一个发色花白，指甲涂红的清洁工可能会尖叫起来，但艾达是个身体健壮的人。她走进了车厢，触摸了一下躺在地板上的人。"哎呀，我的天哪！"艾达叫道，随即她跌跌撞撞地冲出了车厢，跳下了站台，两条胖腿狂奔起来。

"嗨，艾达！"一个搬运工在行李车厢旁叫道，"你今天上午不想工作了？"

艾达没回答。她没打算向那个蠢笨的乔·班考克求助。她想找售票员萨斯科贝先生，凑巧他在那里，正准备从大门口离开，和丁思博雷先生聊着天。

# 剑桥大学
## ／星期三

一

星期三上午十点，戴维接到了从院长宅邸打来的电话。高级督察霍奇斯正在拜访院长，他现在有问题想问问戴维，不知他能否过来。

"我认为，"就在霍奇斯带着一个随从警察走进他房间时，戴维说道，"我认为，布劳尔博士并非自然死亡。"

"我不知道你这么认为的理由是什么，先生……"

"你的脸色已将你出卖了。"戴维说。

"唔……你说对了，先生。他并非自然死亡，他是中毒而死的。"

"中毒……而且不是津提干的。"

"不是，先生……也不是你曾想象的那样。他没有从嘴里喝下毒药，他是因毒药注射进血管而死的。"

霍奇斯感慨地停了一下。

"你明白那意味着什么，戴维博士。"

"那意味着有两拨不同的人想杀死他。"

"是的。药片里有毒药，但他胃里没有……并且毒死布劳尔博士的毒药与药片里的毒药不同。药片里的毒药正如津提所说的——乌头毒草。看起来布劳尔博士遇袭的方式可能和野蛮人使用的方式一样——你知道——是那种吹射管似的东西。毒性发作很快，受害者几乎立刻倒地而亡……你明白其中的难度了吗，先生？"

"我确实明白，督察。如果布劳尔是被毒箭射中的话，那很可能凶手是在讲坛上，在众目睽睽之下干的……而这又似乎极不可能。"

"但假如莫伯利博士发现的事实确凿无疑，那就无可辩驳了。"

"什么时候开始调查讯问？"戴维问道。

"明天上午。"

"我希望我不必再提供证据了。"

"不必，先生。考特尼博士会辨认尸体，之后会有尸检证据……然后就休会，根本不会麻烦到你。另一次是在星期五上午。"

戴维望向窗外。"莫伯利博士找到伤口了吗？"他问道，"……针

107

孔之类的？"

"当然了。就在颈后，稍偏右一点，那不是碎玻璃造成的。奇怪的是，在当时的情况下，这是怎么干的？他甚至没有射中布劳尔面前的听众们。"

"啊……等一下。我刚想起来了，也许有个理由可以解释。"

戴维对督察说过就在布劳尔倒下之前，公共休息室的门曾被打开过这件事。

"那倒是很有意思。"霍奇斯说。

"还有另一件事……人们忍不住要猜想。我想恐怕听上去有点太离奇、太戏剧性了……"

"发生了什么事，先生？"

"传教士展馆里发生了偷窃事件，人们忍不住要猜测，这是否与此案有关。有一个吹射管遭窃——而两天之后就有个人遇刺了……"

二

兰布尔小姐几乎没什么可说的——但她充分地利用了这个宝贵的机会。

"你能来真是太好了，督察。"她说道，"我知道你总是非常忙碌，而对你来说，我的麻烦事又显得微不足道了，但此事让我非常苦恼，请相信我，这个展馆的所有展品都是向总公司借用的，所以，可怜的兰布尔小姐必须向他们做出解释。这个展馆通常都是有人照管的。或许是我匆忙出去吃午饭时，又或许是我下午休息一刻钟去喝下午茶时，我的朋友奥格尔小姐会替我照管。但星期六，她抱怨头痛，所以我极力劝她午餐后回家休息。可是碰巧那天下午非常忙碌，圣尼古拉斯学院有好几个参加研讨会的人来参观。我必须得说，我非常高兴……威洛博士帮我们把广告单发出去了，真感谢他。噢，督察，我曾打算不喝下午茶了，但在五点十五分左右，没想到考特尼太太带着孩子们来了——他们是第二次来了。我对她谈起奥格尔小姐犯头痛的事，她就说：'但你还得喝下午茶呀，兰布尔小姐。孩子们一定要再来看看你那些可怕的武器，我敢肯定至少在二十分钟内，我不会带他们离开的。'唉，不巧的是，督察，我外出时间长了点，我在悠闲餐馆遇到一位老朋友聊了几句，等我回去时恐怕已经过了二十五分钟了。考特尼太太和孩子们还在，但等我回来后他们就立即走了。我当时没注意到有什么问题，直到快六点了，展馆要关门了——那时，让我感到沮丧的是，我发现存放着土著武器的玻璃柜被打碎了，里面最小的那支吹射管失踪了。我立刻和警方联系，并给考特尼太太打了电话。她告诉我，她在那里的时候没人进来过，但是她曾离开孩子们五分钟，去了隔壁的商店。在那期间，她了解到，曾来过一个参观者，但是孩子们不认识他。他没逗留很长时间，而孩子们曾走出房间，在平台上等候母亲。我不得不说，我不在的时间里几乎没有人照管展馆。确实看上去此人好像要为失窃负责……可我不知道他会是谁。你们有个警察很仔细地比对了指纹，但那件展品太受人欢迎了，尤其是孩子们，所以指纹很可能有好几百个呢……或者说，我现在想起来了，根本就没指纹，因为我总是在上午和晚上拿个掸子到处掸掸，就是在我掸那个展柜时，才发现失窃了。"

"大多数吹射管相当长，"霍奇斯说道，"大约有六英尺吧，偷盗者可没法把它藏起来带走。"

"这些吹射管并不都是那么长的，"兰布尔小姐说，"那个吹射管就短了点，失窃的那个吹射管大约和一个笛子一样长。大概，土著人在丛林中难以施展大型吹射管时才会使用它，或者就是在近距离攻击时才用的。"

"近距离，"霍奇斯说，"你说得对。"

三

考特尼家的孩子们沉默谨慎，不像兰布尔小姐那样健谈多话。克拉丽莎脸蛋粉红，告诉督察，那个男子长得很高，而理查德则说他看上去"很可怕"。埃布尔起初拒绝回答。

"他有说什么话吗？"霍奇斯问道。

克拉丽莎和理查德对视了一眼，仿佛是这个问题太难了，需要协商考虑似的。然后，理查德说："没有，他没说什么。"克拉丽莎则补充了一句："一句话没说，他只是看了我们一眼。"

"他长得很难看。"埃布尔突然开口说。

"安静，埃布尔。"理查德嘟哝着。

"他就是，"埃布尔说，"比谁都要难看。"

"所以我们就走出去了，"克拉丽莎说道，"一直等到母亲回来。"

"那个人出去时，你们肯定看到了吧。他多长时间才出来的？"

"几乎是马上就出来了，"理查德说道，"他快速出来，急忙下了楼。"

"假如你们再见到他能认出来吗？"

"我不……"克拉丽莎刚开口，理查德却说："我能认出来。"

"我也能，"埃布尔说，"他是世界上最难看的人。"


## 四

霍奇斯和孩子们谈话完毕后，马上就安排和戴维在大厅见面。

"没什么进展，"他说道，"说是有一个男的。可没人见到过他，除了几个孩子，而在形容他的长相时，孩子们说的话并不可靠。对他们来说'很高'也许就是普通身高。现在，先生……让我看看，你在楼

111

座里，看到了门的上方被打开了……但你没有真正看到是什么人。"

"没有，被那些屏风挡住了。"

"左右都是如此吗？"

"是的。"

"但你觉得肯定是有人进来了，因为布劳尔博士朝那个方向看过去了，是吗？"

"是的，一点没错。"

"谁能从那里走进来呢？"

"成千上万的人都能。我们只能确定那些在大厅里的人……但没人……除了，也许威洛博士吧……能记得所有那些人。"

"哦……有人打开了那扇门，大约站在这个位置向布劳尔博士发射，一支小飞镖不会消失的，它应该能被找到。"

"你已经检查过讲坛了？"

"每一英寸。"

"那么肯定有人把它拿走了。"

"无论是谁，他有二十四小时的行动时间。"

"一个凶手肯定会尽快做完此事。布劳尔倒下后，当时有许多人拥上讲坛。"

"你还记得是谁吗，先生？"

"让我想想……有院长、考尔先生、考尔德科特博士，还有帕金博士……至少还有另外两个——班伯丽小姐和埃加小姐。我想他们都坐在第一排。然后，威洛博士挤上去了。班伯丽小姐扶着布劳尔博士的脑袋，搁在她的膝盖上。等我赶到讲坛上时，沃洛夫上校已经和他们在一起了。"

"他们听起来都不像是凶手……只有那个家伙除外……沃洛夫？他是谁？"

"一个著名的作家和探险家。"

"嗯……凶器或许以后会被找到的。"

"或者说，你认为凶器也许不是被凶手找到的，而是被他的同谋犯找到的？"

"我不认为这些人里有凶手，先生，而且要把他们看作是同谋犯也不容易。"

"是的……不过我还是忍不住感觉他们中的某个人可能是凶手。"戴维说。

"我们再来梳理一下吧。有人悄悄地从这扇门进来了，布劳尔博士看到了他。那人发射毒镖后从此门溜走了，除非他之后再返回，不然他发射的毒镖只能由同谋犯捡回。目前这样说对吗？"

"不，督察。我刚才想到了两点：布劳尔看到那人时，脸上并未露出惊恐的神色，只是有点恼怒。我肯定他觉得那人不像是个行凶者，而且我认为他认识此人。"

"另一点呢，先生？"

"你说布劳尔的颈背部被射中，稍稍偏右。假如你站在他的左边，你怎么能射中他那个部位？"

"做不到。"

"除非他转身。"

"那么他转身了吗？"

"当然……但不是这个方向。他猛然转身，看向那个人。恐怕我这个观察没有用，但我很肯定，布劳尔从来没有把他的背部对着讲坛侧面那个家伙。"

"很可能站在门旁的是那个同谋犯。讲坛另一侧都是屏风，会不会布劳尔博士是被从那里射出的箭射中的？"

"有可能，但得排除这些理由。无论是谁，他早在别人进入大厅之前就必须躲在那里了，还要冒着被发现的风险。第二,那里无路可逃——那一侧没有门，我想象不出谁会选择在那一侧动手，既然他还能从其他侧面动手。"

"那么窗户呢？"

"没打开。那是用来采光的，不是通风的。"

"嗯……尽管你相信布劳尔博士没有背对着另一边，但我还是认为他可能短暂地转动过。他站在讲台的哪个位置？"

"稍稍靠近讲台的右侧。"

"那么，讲台在讲坛的中央位置吗？"

"是的……大约就在那里。"

"那就使他处在讲坛上靠窗的这边了。"

"是的。"

"他习惯用哪只手拿杯子？"

戴维博士想了想。

"他喝水的时候是用右手。"

"那么，先生，他可能就在那时有过某种幅度的转动动作。"

"某种幅度……对。"

"他不用转动幅度很大，就能露出一个位置，就是他颈后正中偏右。"

"对啊……我想你是对的，有这可能。"

霍奇斯督察显得很得意。他珍惜戴维博士的帮助和建议，但他没想到戴维会把一切都说对了。

"我还没有问过你呢，"他说道，"布劳尔博士是否有仇人？"

"如果津提的故事是真实的话，他当然有。但我可以肯定地告诉你——他在此地没有仇人。他很安静……不太与人交往。有些人，我认为他们很嫉妒他。就我而言，我喜欢他。他是个孤独的人，他已经失去了家，失去了他的过去，他重新在我们这里扎下了根。他对这个学院很有感情……这让我很高兴。"

戴维知道他应该提提帕维克博士的事，但他无法让自己这么做。

"哦……谢谢你的帮助，先生。如果你又想到了什么，请告诉我。我还有很多事要做，追索一下这些人。当然，在谈及这是凶杀之前，那些不是剑桥大学的人已经离开了。"

"我想，威洛博士可以告诉你，他们中大多数人的地址。"

"最为重要的是坐在第一排的人。如果有什么事的话，他们中应该有人会看到的。"

"当然，除了他们当中许多年老的剑桥大学知名人士之外，他们很可能当时半睡半醒着呢。他们有预留座位，威洛肯定有安排表的。我去问问他，好吗？"

"我希望你能去问问，先生。稍后我要去他那里了解情况，大概他会为我准备好某些信息的。"


## 五

五分钟之后，戴维推开了威洛在圣尼古拉斯小巷的家门，走了进去。杰弗里·威洛在书房里。从客厅楼上，传来了忧郁的女高音，是在练习。

"恐怕让你讨厌了，"戴维说道，"但我在想……你能否告诉我，在布劳尔演讲时有哪些人坐在前两排？"

"哦……第一排我能记得。为什么你想知道这个？"

"霍奇斯督察要我了解一下。尸检已经发现了疑点，所以必须要进行调查讯问，他们需要证人。"

"明白了。嗯……有几个座位预留给院长和考特尼太太、考尔德科特和帕金、老曼纳斯，还有芬恩博士和芬恩太太……就这些人了。其余的座位则对先到者开放。班伯丽小姐是最先到达大厅的人之一，所以坐在第一排的中间。埃加小姐进来晚了，但她非要坐在第一排，她挤进来坐在第一排的最左边，这是第九个人了。考尔是第十个人。"

"奇怪，他怎么也来了。"

"是的……但考尔对任何事的做法都很奇怪。他当时坐在埃加小姐旁边。我记不得坐在第二排的人了……很可能不是我认识的人。"

"大概凯瑟琳会认识吧。"戴维说着，朝天花板瞥了一眼。

"凯瑟琳不在那里。"

"我现在想起来了……我在大厅外面遇见她了。她是个有趣的女人……居然把布置讲坛的所有麻烦事一手承担下来了。"

"她是为我和研讨会做的。但她坚决拒绝——如她所说——坐下来，听布劳尔得意扬扬地进军教授职位的进程。没什么事能让她动心。所以她来到这个学院之后，就在研讨会办公室为我做了许多事。"

"你娶了一个挚爱你的妻子，杰弗里。"

"那是娶妻的好处。"威洛说。


# 六

戴维回到自己的房间后，就在桌子旁坐了下来，写下了如下的笔记。


1. 布劳尔似乎是被某种类似毒镖的东西所谋杀；

2. 两天之前，一支吹射管在展馆里失窃了，这是非同寻常的巧合；

3. 屏风背后的那个人是谁？会不会是某人走错了，才走到那里？假如不是走错了，那人为什么会在那里？我仍然认为，那人没有处在可以射中布劳尔后颈的位置。那些屏风为什么会在那里？在那个讲坛上举行过许多重要的演讲，但我从来没有见过讲坛被如此装饰过。难道是另一个巧合吗？但那是凯瑟琳的主意；

4. 假如有一支毒镖发射了，那应该能找到，但找不到了；

5. 毒镖发射时，大家的眼睛会看不到它吗；

6. 存在两种刺杀布劳尔的企图，一种成功了，另一种失败了。那么，这意味着有两个凶手吗？如果是两个凶手的话，是两人联手，还是两个互不相关的凶手？

戴维把笔记阅读了一遍，在下面画了一根确定的线条，然后，他走到电话机旁，打电话邀请考特尼的孩子们来喝茶。

## 七

戴维的房间服务员蒂布斯太太干完事，准备离开了。过去的这两天给予了她许多机会来思考生命的短暂和布劳尔博士突然离世的悲哀——很奇怪，此事与她丈夫的堂弟去世极其相似。瓦格波尔先生是个很和善的人，他在古老水牛骑士团的晚宴上出乎意料地倒地身亡了。但眼下，蒂布斯太太也只能想到批评修缮凸窗进度缓慢的话题了。她站在戴维房间的后窗旁，目光扫过院子，看着脚手架上的那个身围白围裙的人影，她注意到威尔金斯先生已经修缮那扇旧窗足足六个星期了，毫不停顿，她很想知道他什么时候会竣工。

"并不是毫不停顿的，蒂布斯太太，"戴维说道，"昨天下雨，还有他在星期一只能停工，因为演讲……"

"对不起，先生，"蒂布斯太太说道，"但他从未停工，我亲眼看到的。那个下午，我来得早了点，先生……不否认我喜欢喧闹，我没从我通

119

常走的路进来，因为我想要看看所有那些听众从演讲会里出来。我在这里做了一会儿整理工作，然后我去后窗抖抖抹布。'啊呀！'我对自己说，'威尔金斯先生在那里。希望他不会叮叮当当地打断演讲。'可就好像他能听到我说话那样，他转身就下了梯子，走进下面的那个小工棚里去了。"

"他肯定是忘记今天不用工作了，蒂布斯太太，所以一旦发现搞错了，他就下来了。"

"但他没有闲逛，先生，威尔金斯先生没有闲逛。他马上又从工棚里出来，从拱门走了。从来没有一个人像威尔金斯先生那样走得匆匆忙忙。我不由得笑了。如果他还记得古训，他就不会因为什么事迟到了。欲速则不达，就像我可怜的丈夫过去老是这么说。"

戴维下午散步路过庭院时，特意在脚手架旁停下脚步，问起威尔金斯工程进度怎么样了。威尔金斯先生回答说，假如没人来烦扰他，让他独自工作的话，他就会干得更快一点了。"不是指您，先生，我是指爱管闲事的人。您知道，我星期一没在这里，星期二又下雨，可您猜我发现了什么？首先是我的工作服，袖子的里子被翻到外面，挂的地方也不是我放工作服的地方。这么做太放肆了！"

"的确如此。"

"还有，有人闲得无聊在我的脚手架上干蠢事。"

"对此我很抱歉，"戴维说道，"星期天夜里，有个傻瓜爬上去了，在两根柱子之间挂了个'禁止炸弹'的横幅。"

"这我不知道，"威尔金斯说道，"一学期里，总会有几个本科生去爬爬他们发现的任何脚手架。对他们来说，那里有某种东西让他们感到刺激得入迷。但在长假期间，只有几个学者在学院里，他们比学生们知道得更多。此外，挂横幅是一件事，但还有一小块菱形的窗格玻璃，被人从窗户上割走了……"

"什么？"戴维问。

"真的，先生。有人割掉了一小块擦得锃亮的玻璃。更奇怪的是，它又被放回原处了。"

戴维爬上梯子。千真万确，靠近窗户的底部有一块菱形的窗格玻璃，当他站在大约低于窗台一英尺的平板上时，玻璃就处于与他齐肩平的位置。窗格玻璃被人从窗户的铅框里挖去了，然后又被小心地放了回来，但还没有小心到不露痕迹的程度。

"这可是一件非同寻常的事，威尔金斯。你对财务主管说过吗？"

"没有，先生。我本该在星期一做的事却到星期二也没做成，所以，我今天才发现此事，或者说，我本来应该马上告诉威洛博士，可实际上，我在半小时前才注意到这点。"

戴维博士爬下了脚手架，他的心激动得怦怦直跳。他很想独享这个发现，就像是个传统的私人侦探那样，但他清楚自己不该如此。于是，他离开现场去了警局。一路上，他心里不断地反复回想着这个新发现。

"布劳尔被某种东西射中了。我当时就知道不是从公共休息室这边发射的，不过看起来也不太可能是从窗户发射的。可现在看起来，有可能真的是从窗户发射的。蒂布斯太太就在布劳尔遇刺的时候看到有人在脚手架上，那人特意伪装成威尔金斯。窗格玻璃肯定是在星期天夜里被取走的。那么，那个夜晚脚手架上有两个人，一个是挂横幅的家伙，还有另一个人。没人会注意到一小块窗格玻璃缺失了，即使他们注意到了，也会认为那是修缮工作的一部分。窗格玻璃肯定是星期一夜里被放回去的。这是个冒险……但把它放回去是这个诡计的重要部分之一。那么，此事与那个失踪的武器，还有孩子们看到的那个男子有关联吗？应该有……但除了一件事之外，假如你要采用那种方式行凶的话，你肯定会做好一切准备，不会指望运气能让你在一个临时性的展馆里找到你需要的武器……而另一方面，假如那事发生得突然，不是事先预谋的话……一个人在没有预料到的愤怒状态下，也许会接受意外出现在他面前的想法。即使如此，他还得带上毒药，因为展览会上没有毒药。我们现在只有一件事可以肯定，那就是行刺可能来自外界……当时布劳尔转身看向左边，但我们还是不知道究竟是谁促使他这么做的。那里肯定有两个人——一个人在脚手架上，还有一个藏

122

身在另一边的屏风背后。也可能会是三个人，如果有一个人混在听众里的话。"

沿着圣尼古拉斯小巷走到一半时，戴维经过了巴格斯和莫斯廷·汉弗莱斯身旁，此时戴维突然产生了一个想法。

"啊……巴格斯。"他说着，转过身来。

"下午好，先生。"

"巴格斯……我知道星期一上午发现了一条肮脏的被单，上面用红色写了点警示语，意思是要禁止什么东西。被单极不恰当地挂在围绕着凸窗的脚手架上。我对此事想了一下，结果得出了一个有点令人讨厌的结论，那就是，这是孩子气似的恶作剧，离奇古怪而又徒劳无益。这种事没人能想得出来，除了你。我说对了吗？"

"嗯……是的，戴维博士，确实是我干的。"

"我想也是。"

"我挂这条横幅是因为我觉得应该敲一下警钟……我得干点什么……让所有那些外国来的参会者印象深刻。"

"我非常怀疑他们中是否有人看到了，巴格斯，并且我很肯定，即使他们看到了，也可能会毫无印象。你是在夜里几点设法完成了这个非凡的举动？"

"大约一点左右吧，先生。"

"你本该好好睡觉的。但是，告诉我……这或许是个奇怪的问题，但考虑到已经发生的两桩悲剧，这个问题有点重要……你当时有看到任何其他人在这个脚手架上的迹象吗？"

"没有……我没看到。我当时太匆忙了。"

"是的，那当然了。好吧……千万别浪费你的才智……那可就大错特错了。"

随后，戴维继续走向警察总局。

"可是，我出色的巴格斯，"莫斯廷·汉弗莱斯说道，"你说是你在凌晨一点钟挂上了那糟糕的东西，这么承认有什么意义呢？"

"因为就是我干的。"

"你没干。实际上，我看到了你……就在我翻墙进来之后。那时大约是凌晨两点十五分吧，你正从脚手架上爬下来。"

"那不是我。"

莫斯廷·汉弗莱斯一下子站住了脚步。

"我在两点十五分看到有人在那里。"

"噢，那可正是戴维老头想知道的事，你这蠢货，你应该告诉他的。"

"或许我应该这么做。但我要谢谢你，巴格斯，别叫我蠢货，就像我常常说的……"

"嗨，别说了。"巴格斯说。

# 八

霍奇斯看起来很得意。他嘴角上露出了一点笑容，仿佛是说："不管你要告诉我的是什么事，肯定比不上我要告诉你的事重要。"结果，打了个平手。看上去似乎戴维已经发现了刺杀是如何进行的，霍奇斯似乎也已经发现了那个凶器，或者说是凶器的一部分，就是那支吹射管。"它就藏在靠近圣尼古拉斯小巷的镇议会垃圾箱里的尘土下面，"他说，"罪犯通常会犯错……但这个错误太愚蠢了。这东西也许会藏在那里一两个星期，但它到时候必定会被发现的。结果，才过了两天就被发现了。发现它的工人每天看本地报纸，自然，他不会把吹射管和布劳尔博士的死联系起来……他却记得展览馆里的失窃案。他就把吹射管拿去交给了兰布尔小姐，而兰布尔小姐就通知了我们。"

"指纹呢？"戴维问。

"你是说兰布尔小姐和那工人的指纹？"

"是的，当然如此，那会有麻烦的。"

"还有其他的指纹。"

霍奇斯没有小瞧戏剧性的高潮部分。

"嗯？"

"其他指纹太脏了，无法确定……但奇怪的是，那些指纹不是一个非常高大的男人的。假如是男人的指纹，那个男人应该是个矮个子。

它们更像是一个女人的指纹。"

戴维不由得吹了声口哨。

"太奇怪了，先生。但我们会发现这意味着什么，我们已经有了很多进展。我们正在寻找一个身材矮小的男人……"

"或者说，也许是个女人。"戴维低声说。

"或者说，也许是个女人，她星期一凌晨三点四十分，在那个脚手架上待过……在这种案子里不常见，但人们可以确切地从任何相关事情开始着手。"

"我得回去了，"戴维说道，"考特尼家的孩子们要来喝茶。"

"请尽量从他们那里再多获得一些有关那个男人的情况。还有一件事……威尔金斯先生有多高？他是个高个子男人吗，就像孩子们说的那样？"

"威尔金斯是个很矮小的男人。"

"唔……好吧，就像我说过的，我认为不能太相信孩子们的估量，那也是另一点了。假如那块窗格玻璃是在星期一夜间被装回去的话，那么，那个干此事的人肯定会留在剑桥过夜。"

"我敢说好几个人还在剑桥，或许突然离开不太方便吧。沃洛夫，据我所知，他们就住在蓝野猪酒店，邦迪尼也是如此。非常碰巧，我看到他们星期二上午出来了。你可以去那个旅馆核查一下。"

"那事正在进行。"霍奇斯有点凝重地说。

"那当然了。"戴维马上就说。

然后，他又得插上一嘴："我想起来了，督察，你应该去了解一下是否有人买过金刚钻，没人会口袋里带着玻璃刀来此地的。"

"不，先生。但是，你大概不知道，你用戒指就能干这种事了。"

"我真不知道。"戴维说道，稍感尴尬。

"对于铅条玻璃，我估计是这种玻璃，用小刀就可以把它撬出来。"

"是的，是铅条玻璃。"

"有一件事让我很不喜欢，"霍奇斯继续说道，"通过窗户做这件事不是非常冒险的吗？他难道不能在白天或者夜里另一个时间干此事，或者在另一个地方做不会更容易吗？"

戴维恢复了他的自信。

"不……我不觉得。那是个非常好的方式，在其他时间或者其他地方干这件事，存在着被人看见的风险。在那个时间和地点实际上并没有什么人，假如不是蒂布斯太太对社交聚会关心过度的话，或许她就不会发现异常之处。在那东西被射出后，或者用其他什么词来形容吹射管发射的东西，那个人很可能一溜烟地上了大厅的楼梯，不到一分钟就到了大厅后面。"

"第二点，"霍奇斯说道，"你把此事说得也太神乎其神了。"

"那么，第二点。布劳尔摔倒时，屏风背后的人可能才站了几秒钟而已，没人会注意到的，尤其是对此人很熟悉的话。无论如何，那人出现在那里也是合情合理的事。"

"你还真是个理论家，戴维。"霍奇斯说。

戴维站了起来。"你得原谅我的业余推理，可我心里一直在思考着。"

"你对我们很有帮助，先生。我会在大约十分钟后去看看那个凸窗和脚手架，但我们已经失去了两天的线索了……"

"星期一夜里下了倾盆大雨。"

"没有机会找到脚印了，但在那个工棚里也许可以发现什么，我得和那个叫什么的太太谈谈了。"

"蒂布斯太太。现在她不会在学院里，不过她住得很近，离国王街不远，守门人会告诉你的。"

## 九

在回家路上，戴维决定再次拜访威洛夫妇。杰弗里出去了，但凯瑟琳在二楼的客厅里，她正在练习音阶。戴维在室外等着，直到她弹到了停顿处时，才敲了敲门，走了进去。她坐在钢琴前，身穿她那条紧身裤，星期一她曾在学院里大胆地穿过。戴维下意识地想起了考尔德科特太太在花园里工作的情形。

"戴维博士！"凯瑟琳站起身来，张开了双臂。戴维给了她一个单身男子汉的初吻。

"为何有此荣幸？"

"我想请你回答一两个问题。"

"当然可以……但是为什么呢？"

"关于可怜的布劳尔的事，有点麻烦。所以得举行一次调查讯问，警方要我为他们弄清楚一两件事。"

"哦……什么事呢？"

戴维感到自己脸红了。实际上这些问题都是他自己想到的。

"第一件事是这样的……我那天在大厅楼梯底遇见你的时候，你当时是从哪里过来的？"

"我从哪里过去的？"

"是的，你当时看起来像是从巴克斯特公寓庭院过来的路上。"

"哦……是的，但又不是。我在第一公寓庭院的研讨会办公室里，突然，容格博士冲进来，说布劳尔博士发病了。他一直站在杰弗里身旁，所以他就好意来通知我，那时杰弗里挤进人群上了讲坛。"

"我明白了：从一个拱门进去，再从另一个拱门出来也就是几秒钟的事。"

"是的。"

"我在想你当时是否遇到了什么人，或者看到什么人在拱道里，就走在你的前面？"

"没有，我没有看到什么人，至少在那个地方。但就在我们走出办公室时，我确实看到过某个人……当时他正从回廊出来，向守门人的管理室走去。一个身穿灰色衣服的家伙，我过去从来没见过他。这信息有用吗？"

"各种信息都有用。下一个问题，你能否回忆一下，你星期一下午布置屏风和花卉时，还有谁在大厅里？"

"开始是阿德拉、我，还有韦斯特莱克，然后容格博士来帮忙了。后来马登小姐和克拉斯纳先生进来了。再过一会儿，等我回来时，沃洛夫上校也已经在那里了。"

"他一个人来的？"

"是的，然后我们一起出去了。"

"每个人都出去了？"

"就我所知是的，沃洛夫上校和我离开大厅时大约是两点半，离听众进入会场还有半个小时吧。"

"时间很充裕，"戴维说道，"另一个问题是，我想，你到达大厅时还没人离开？"

"邦迪尼就在外面。"

"那你注意到还有谁在大门附近？"

"大多数我不认识。克拉斯纳先生在那里，还有马登小姐。"

"是他们？演讲开始时他们不在。至少，就在开始前一分钟他们不在，很可能就在我走上楼座时他们就进来了。"

"我想他们迟到了。她那天上午还在说，她总是迟到，所以很可能太迟了，会赶不上审判日。"

"嗯，"戴维说，"想想吧，那或许是个非常好的主意。"

"亵渎神明的老魔鬼。"

"我反对使用'老'字。"戴维说。

的确如此，当他沿着圣尼古拉斯小巷走回家时，'老'这个字是他最不会感觉到的。他过于激动，一直在思考："现在没有对那个身穿灰色衣服家伙的不利之处，除了他在那个时刻正在第一公寓庭院。但他很可能就是我错过的从公共休息室里出来的家伙，他也很可能是从凸窗那里出现的家伙。"

莫斯廷·汉弗莱斯正在戴维的楼下等待着。

"怎么又是你？"戴维说。

"我想我应该告诉你一些事情，先生。"

"噢？"

"你问巴格斯他挂那东西时的时间，他说大约是一点钟。"

"是的。"

"你还问他是否看到有人去过脚手架的迹象，他说'没有'。但我确实看到了某人。"

"真的？"

"我碰巧在两点十五分左右或者稍晚点吧，从那里经过，我看到有人从脚手架上跳下来，匆忙向回廊走去。当然，我以为那是巴格斯。所以你在问他时我没说话，我以为他把时间搞错了，但他没搞错时间……那么，我看到的那个家伙肯定是另一个人了。"

"我明白了。你注意到那人的身高吗？"

"嗯，就像我说的，我以为是巴格斯，所以我没多想。"

"巴格斯个子不高。"

"是的。"

"而那个人影没让你觉得他不是巴格斯？"

"没错。"

"那么那人就不太可能会是身材高大的了。"

"你知道的，我离他不是很近。"

"那天夜里月光很亮。"

"嗯，是的，我确实觉得他个子不高。"

"嗯，好吧，谢谢你了，莫斯廷·汉弗莱斯，你告诉我就对了。"

戴维上了楼梯进了自己的房间，给霍奇斯打了电话，但他不在。

莫斯廷·汉弗莱斯则穿过巴克斯特公寓庭院去找巴格斯了。

"那就是阅读了太多侦探小说的后果，"莫斯廷·汉弗莱斯几分钟后这么说，"大脑过早软化，产生有非凡解决问题能力的错觉。及时警告你，巴格斯，把你的注意力（我肯定你会那样做的）集中到卡尔·马克思、叔本华，还有西德尼·韦伯太太的书上去。在轻松时刻，我们需要享受，而不是困惑。"

"你来了，这就是一个轻松时刻，"巴格斯说道，"如果你让我分享，我将感谢你。"

"分享什么？让我想想……我们喜欢的爵士乐！真的，巴格斯！我担心你会让你父母大失所望，你最好还是和我一起打打网球，锻炼体魄吧。"

"好啊，"巴格斯说，"我们一起去吧。"


十


考特尼家的孩子们都喜欢戴维博士。他和他们说话的方式相近，仿佛他们都是他的同龄人。他很风趣，还有许多好玩的东西，比如，各类玻璃泡里暴风雪场景的收藏品、瓶子里的一艘船、画在宣纸上的中国画，还有一根特别的警棍，那是戴维博士的曾祖父在布里斯托尔动乱中用过的。戴维博士的曾祖父用它敲了某人的脑袋，结果由于不幸的意外，他打死了那人。戴维还会拿出不同寻常的东西让他们吃。

孩子们在四点半的时候来了，戴维立刻就注意到理查德坐立不安，克拉丽莎几乎吓坏了，而埃布尔则焦虑拘谨。戴维想，要找出原因并非难事。花匠老韦斯特莱克不止一次告诉孩子们，他要去叫警察来，现在真有个警察来了。但他没有指责他们什么，并表明他可以去院长的宅邸，理查德总是声称这违反法律。这大都是戴维推测的，但他确实很惊讶地发现他们闷闷不乐。他本来还想着他们会因为身份突然变得重要而兴高采烈呢。

但是，戴维总有新奇的东西。今天是一把扇子，它本来属于一个在法国大革命中被砍掉脑袋的夫人。等到他们都仔细看过了扇子，理查德声称发现了一滴血，而埃布尔则成功地摇晃了那些玻璃泡里的暴风雪场景，动作很快，所以他们全都沉浸在玩耍中了，自信心也就恢复了。即使如此，戴维还是等到他们吃了茶点以后，才问起那个出现在展馆的男人。三个孩子互相看了看，变得谨慎了。

"他就是个男人。"理查德说。

"他长什么样？"戴维问道，"你能形容一下吗？"

"他皮肤黑黑的。"理查德说。

"有黑胡须。"埃布尔说。

"黑胡须，是吗？"

"是的。"埃布尔说，如果理查德没瞪他一眼的话，他也许还会说更多。

"兰布尔小姐要你们帮她看管一下，你们为什么还要走出展厅的房间呢？"

"因为他太难看了。"埃布尔说。

"是的，"克拉丽莎说，"我很害怕。"

这就是戴维从他们嘴里得到的所有信息了，但也算是信息吧。他们离开后，他就在笔记本上做了笔记，那个男子肤色黝黑，有胡须，可眼望窗外深思了五分钟之后，他回到桌子前，加了一句："为什么他们以前没有提到胡须呢？难道他们在撒谎？为了掩护某人？"

随后，又停顿了一下，他写道："脚手架上的那个人显然是个小个子。蒂布斯太太以为是威尔金斯，莫斯廷·汉弗莱斯以为是巴格斯。"

电话铃响了，是霍奇斯。戴维对他谈了孩子们的事，谈到了莫斯廷·汉弗莱斯，以及凯瑟琳是如何看到那个穿着灰色衣服的男人的。"稍早点我也看到过此人……但他那时是在 G 号楼的阴影里。"

"关于那人的具体描述呢？"

"三十五岁左右，长相普通。一闪而过，是个小个子。"

"这个案子里每个相关的人都是小个子。"霍奇斯说。从戴维提供

135

的信息中，他只记下了很少几个细节。

"没什么进展，先生。"

"你可以去守门人的管理室证实一下，江普看到过他。"

"我会做的，先生。"

"我一直在找人谈话了解信息，"戴维说，"你有什么有用的信息想告诉我吗？"

"确实有，先生。自从我见到你之后，我获得了一些值得注意的信息。昨天上午九点钟的火车到达利物浦大街时……"

"昨天上午？"

"昨天上午……有个女人死在一节空车厢里。她身上根本就没有任何证明她身份的东西，只有一张来自剑桥的车票。我们自然得知了这个消息，但我们这里没有任何有关未到站者的报告。直到昨夜六点钟，新闻里的一条警方公告才提供了答案，辨认出尸体的人说她是简·班伯丽小姐，她一直在剑桥大学参加一个研讨会。"

"班伯丽小姐！听到这个消息我非常遗憾。"

"你能说说她的情况吗，戴维博士？"

"有个警员捡到一个可以用于皮下注射的小飞镖，他是在座位底下发现的。医生在班伯丽小姐的手上发现了一个小孔。他们在等待验尸结果，但很确定的是，她的致死方式和布劳尔博士相同。一个直接的问题是……在那趟火车上还有哪几个研讨会参加者？你知道吗，戴维博士？"

"不，我不知道。但我可以合理地断定沃洛夫上校和邦迪尼先生在那里。正如我告诉你的，我看到他们两人离开了蓝野猪酒店，乘坐一辆出租车，这是赶火车的时间段。威洛博士也许知道，参会者可能会告诉他，是否要为他们保留星期一晚上的房间。"

"我刚给威洛博士打过电话，他出去了。"

"我会设法去找他，"戴维说，"奇怪的是，那支飞镖居然还在那里，有多大？"

"一英寸半。"

"布劳尔遇袭时，飞镖没被找到。肯定是很难找到，但有人找到了，不是凶手就是共犯。可是这次，当能轻易收回它时，它却又被扔在了那里。为什么？"

"有一个合理的答案，"霍奇斯说道，"假定这飞镖是在火车快到站时才发射的，它掉在座位底下，而凶手无法立刻看到。火车到了利物浦大街车站，第一拨乘客必须得下车了，所以那个证据只能留下了。"

"对，"戴维说，"我相信你是对的。"

"这不是人们自杀的方式，"霍奇斯说道，"对此，或许有什么地方全错了。"

"肯定有。我会告诉你还有什么不对劲的地方，假定这是和刺杀布劳尔相同种类的飞镖……"

"噢，先生？"

"你可以忘掉那个吹射管了。一个土著人的粗糙吹射管，即使是那个小吹射管，它发射的东西也要比警方发现的这支飞镖更大更笨拙。我太笨了，竟然没早想到这一点，这支飞镖是由机械装置发射的。"

一阵沉默，在此期间，霍奇斯督察大概在猜测此话有没有暗含之意是说他也太笨了。随后，他说："哦，戴维博士，要是你没有更多消息告诉我的话，那么，如果你能找到威洛博士聊几句，我将非常感谢。我想你会再次听到我的消息，先生。"

"随时都可以，督察。"

<h2 style="text-align:center">十一</h2>

威洛正在打扫研讨会办公室。

"谁在火车上我知道得一清二楚，"他说道，"我自己就在车上。有沃洛夫、邦迪尼、克拉斯纳，还有马登小姐。他们都在酒店里过夜了。还有琼斯·赫伯特，他在学院里过夜。"

"就这些人了？"

"当然，还有剑桥大学的人，他们永远在那趟车上，帕金……威廉姆森。"

"立刻打电话告诉霍奇斯，他会很感谢你的信息，这正是他想了解的情况。"

"对，"威洛说，而正当戴维要关门离开时，他叫住了戴维，"还有一个，我忘了考尔德科特。"

"为什么小孔会是在她的手上？"戴维思忖着，走回了自己的房间，"通常不会用致命凶器瞄准一个人的手，整个案子里，这可谓最古怪的事了。"

# 剑桥大学
## ／星期四

　　戴维觉得星期四将是一个挫折之日。自从自己掉了个上衣前襟纽扣，他就有这种预感。结果，他花了五分钟趴在卧室地板上寻找纽扣，随后才回忆起纽扣那恶魔般的掉落轨迹，最后发现这个纽扣居然就藏在他裤腿的翻边里。还有，他收到的邮件里，没有他确信不久就会收到的那几封邮件，那几个人没时间给他回信。

　　接着就是蒂布斯太太的事了，霍奇斯昨晚去找过她。"他想了解有关威尔金斯先生星期一下午的事。'唔，'我说，'威尔金斯先生搞错了，他星期一就来了。当他发现自己搞错了就快速跳下了脚手架，脱下了工作服，奔过拱门进入了第一公寓庭院。'"

"从拱门进入第一公寓庭院？"

"是的，先生。"

"你肯定？"

"我亲眼看到的，先生。"

戴维回想了一下，昨天蒂布斯太太才提到威尔金斯的事——当时此事根本不重要，她只是说他匆忙"从拱门里"走了。当戴维意识到那个人并不是威尔金斯时，他就能想象出此人奔上大厅楼梯的情景，甚至还有可能就是那个身穿灰色衣服的家伙。但一个男人通过拱门逃向第一公寓庭院是另一回事了。从那条路走，只有三个人可能见过他。一个就是那个身穿灰色衣服的男人，但那可能对他毫无意义；其他两人是凯瑟琳和容格——而他们说只看过那个身穿灰色衣服的人，没有其他人。这令人困惑。

戴维坐着，在桌子上敲着手指。逼问蒂布斯太太没用，只会引起她的不快，戴维自然也就无法开口说让她小心《玩弹珠的小孩们》和《罗金厄姆奶牛》那两个瓷器。所以，他只是说："你的眼光敏锐，这非常有用，蒂布斯太太，我觉得我没法在那么远的距离一眼辨认出威尔金斯先生。"

十一点，戴维参加了验尸官的调查讯问。正如霍奇斯预想的那样，这过程并不长。院长辨认了尸体，莫伯利博士描述了布劳尔死亡的方式。

141

这倒是戴维急于知道的，但出于内在对医学术语的反感，那种描述他注定听不懂。他听到莫伯利博士嘴里滔滔不绝说出漂亮语句，但那些话对他毫无意义，因为他已经陷入了对那些陪审员面部表情的愉快想象中去了。这是件严肃的事，他们都设法显出严肃的态度。这是个复杂的案子，于是他们都设法显得很聪明。他们几乎都致力于表现出这一切，除了那个非常肥胖的陪审员之外，他正盯着病理学家，嘴巴微微张开，眉毛耸起，仿佛不相信自己耳朵似的。"肌神经节点的神经兴奋受到抑制，导致了骨骼肌肉的瘫痪。"他似乎在想，这也扯得太远了一点。

他旁边是个矮个男人，面容温顺，显出一副听了整个描述后极度哀伤的神色，不知是因为描述出的危险，还是因为他难以理解那是什么情况。

戴维的注意力刚从那个温顺的男人转移到另一个又高又瘦的男人身上，此人指关节突出，前额极其亮堂，此时就听到莫伯利博士的结论性词语"异谷树碱衍生物"。随即，知道如何在恰当时机暂停讯问的验尸官听了此话后，便宣布休会三个星期。

"我想听明白所有的话，"戴维在回家的路上说道，"但我好像什么也没听懂。"

"只有一件事需要明白，"考特尼博士说道，"布劳尔是被谋杀的。"

"而且是'在我们的宫殿里'。"戴维几乎要对自己这么说了，他想到了莎士比亚戏剧中的麦克白夫人。

午饭之后，戴维回到了布劳尔的房间里。他想有个初步的构想，作为遗嘱执行人的职责是什么。他从一个柜子走到另一个柜子，看着所有的熟悉物品。每个物品的摆放井然有序，令人敬佩。然后，他坐在布劳尔的桌子前，拉开了长长的抽屉，翻阅了几张纸。方在圆中，圆外又有方：伯恩。方在圆中，圆外又有方：帕维克。吸墨纸上令人伤感的涂鸦犹在。较远处的一堵墙是书架，在低一点的几档里有一些文档盒，其中有一个文档盒突出在外约一英寸，仿佛是粗心或匆忙一塞的样子。戴维极其热衷于把架子安排得井井有条，他极为反感那种样子，他想穿过房间去把文档盒推进去。然而，当他的手触及文档盒时，他改变了主意，他要把这个文档盒拿出来。他原本可以在其他时间看看所有这些东西的。该文档盒标志着"瓷器O—Z"。戴维翻了一下这些纸板隔页：O、P、Q、R、S——有几封信来自苏富比拍卖行——T……等一下，S代表斯顿夫，那么布劳尔信里提到的业务呢？那里既没有写给斯顿夫的信件，也没有来自斯顿夫的信件。当然，或许他们之间从未通过信。假如斯顿夫是个骗子，他可能不会愿意留下书面承诺，但是，会不会有一张布劳尔寄信的副本呢？

戴维把文档盒放回架子上时，才领会了"瓷器"这个词的含义。那么，斯顿夫的信可能会在"玻璃"的文档里。

再沿着架子找找看，他找到了——"玻璃O—Z"的文档盒。戴维拿出文档盒，弯折了一下纸页。S部分是空白的，也就是说，在那部分里没有信件。但是这个隔页空档里有一片东西，戴维拿出来，放进了他从布劳尔的桌子上找到的一个信封里。他很清楚，那就是侦探们会做的事，他不想笑话自己，但事实上，那片东西确实需要被装进一个信封里。

"唔，真是奇怪，"戴维自言自语，在房间里踱来踱去，时不时地驻足凝视着那些柜子，但他什么也没看到，"这太奇怪了。"

俱乐部玻璃杯——斯顿夫——文档盒O—Z；文档盒O—Z——一片小小的红玫瑰花瓣，还有……难道布劳尔去世后有人来过了？一片红玫瑰花瓣并不像笔迹，或指纹，或发丝，或织物纤维那样。布劳尔房间里总是有玫瑰花，也许就是他自己掉在那里的。但一片玫瑰花瓣，一片新鲜的玫瑰花瓣，确实别有含义。文档盒O—Z——一片玫瑰花瓣——假如再加一句怀疑的话，会不会有点荒唐可笑……那个身穿银灰色西服的男子，不就是在翻领纽扣里插着一支玫瑰花？但他是怎么进来的？随后，戴维回想起凯瑟琳看到那男人朝守门人的管理室走去。或许，此人既不是藏身在公共休息室屏风后那人的同谋，也不是凸窗外的那个人。假定他就在大厅里听演讲，然后看到布劳尔死去，假定他极其想得到布劳尔房间里的某个东西，难道他就不会利月这次敞开的机会，潜入管理室，拿走布劳尔房间的钥匙吗？没人会看到他，他可以在夜晚进去。"我的天哪！"戴维不由得高声叫了起来，"我可能在星期一夜晚见过他，我当时还以为那是考尔呢。"应该告诉霍奇斯吗？该说什么呢？还没有一丝证据证明有什么东西被偷了，难道就凭一片玫瑰花瓣？霍奇斯会认为他患了大侦探夏洛克·福尔摩斯躁狂症呢。不，决不能告诉霍奇斯。

戴维回到了自己的房间。

颇有些戏弄意味，在这种情况下，不太可能再去阅读《西蒙·卡西迪的最后遗愿与遗嘱》。但他开始读《匈牙利的恐怖时期》了，他完全是由于埃加小姐在研讨会第一晚的餐桌上发出谴责才去订购的。但是，可怜的班伯丽小姐一再出现在他的心思和书页之间。谁会想要杀死她？假如没人想谋杀她，而那又不是自杀，那么很可能是个意外事故。但是，在那样的情况下，又是怎么造成这种意外事故的呢？

戴维合上了《匈牙利的恐怖时期》，设法集中心思想一想，结果就如他一贯如此的那样，他集中心思陷入了瞌睡。当他醒来时差不多已到了晚餐时间，而他要去院长宅邸就餐，幸好还来得及换件衣服。

就在他摆弄领结时，戴维突然在镜子前停下了动作。他正在思考一个一举两得的办法，这可以同时解决两个问题。但麻烦的是，正如那个有关"玫瑰花瓣""灰色衣服"男子的推测一样，这个假设无法被证实……话虽如此，戴维还是情绪高昂地穿过了巴克斯特公寓庭院，走向院长的宅邸。

"到目前为止，你为所有这些事忙了些什么？"考特尼博士问道。

"天哪，院长！那不关我的事。我只是尽量帮一下霍奇斯……但这是他的事，不是我的事。"

"别装作你没有对整个案情搞出一套复杂的推测，戴维。你认为，现在事态已经发展到哪里了？"

"嗯……让我想想。津提试图取布劳尔的性命，但失败了。不料布劳尔依旧死于他人之手……是否出于同样或别的原因我不知道，他似乎是被一支从凸窗射出的毒镖击中的，那支毒镖应该能找到，但我们没找到它……大概，这意味着它被某个人取走了。两天前，一支吹射管遭窃，在学院附近找到了。上面留下的痕迹表明，该吹射管曾被一个女子或者一个矮个男子使用过。在布劳尔死后的第二天上午，班伯丽小姐死于九点钟那趟从剑桥开往利物浦大街车站的火车上，很有可能死于同一种毒药。在她的案子里，死因已找到，那是一个非常小的皮下注射针头飞镖。班伯丽小姐的死又增加了一个新的谜团……但随着注射针头飞镖的发现，又对先前的一个案件提出了疑问。那种皮下注射针头飞镖不是土著人吹射管所能发射的。假如同样的针头飞镖也用在布劳尔身上的话，那么，那个吹射管就不是发射凶器。是我把吹射管的事带进了案件里，所以我搞错了。土著人即使是用很小的吹射管，发射出来的毒镖也是相当大的，那肯定会被人看见或者发现。布劳尔是被某种毒镖刺杀的，但那是一种现代化的毒镖，大概是某种不长于一英寸的东西，并且是由机械装置发射的。

"此外，换个角度来看的话，我越来越确信，如果一个人意图谋杀，他会事先制定好计划，带上凶器，不会等到抵达这里之后才去另找凶器，那太愚蠢了。"

"他或许来到这里时并无谋杀意图，"院长说，"谋杀也可能只是临时起意。"

"有这可能，院长，所以我没有把兰布尔小姐的土著武器从案件里完全排除出去。我确实觉得它与此案有关，适用于某个环节。或许某人曾意图使用它，甚至尝试过了。"

"你怎么看待孩子们讲的话？理查德极其坚持他的说法。"

"我发现他们的说法很混乱。这个男子……克拉丽莎说他很高，理查德说他很可怕，皮肤黝黑，埃布尔说他非常难看，有黑色胡须。周围有许许多多的高个男子，肤色黝黑，长相难看。这种描述可以模糊地适用于许多男子身上，但确切地说，与我所能想到的与研讨会有关的任何人都不相符。可能并不是这个男子偷窃了吹射管，孩子们没有亲眼看到他行窃。或者说，假如他就是个窃贼，他依然可能与我们的谜团毫无关联。

"我对那个男子不打算过多关注。倒不是因为他不重要，而是因为目前，他完全不是具体存在的嫌疑人。更为令人感兴趣的是那个尚未解决的问题，究竟是谁藏身在公共休息室这一侧的屏风背后，还能不被听众看到的。那个人真实存在，布劳尔认识他，但现在没其他人知道。"

"那么，你就没有什么人可怀疑了？"

"在津提的朋友里，我假定克拉斯纳值得被怀疑，但他和其他人一样有很好的不在场证明，凯瑟琳和容格，还有马登小姐都看到他在大厅里；也没有任何证据把他与班伯丽小姐之死联系起来，除了一个事实，他也在那班火车上。"

"嗯，"院长问道，"这就是全部的案情吗？"

"不完全是。星期一学院里有个陌生男子。他在午餐前去找布劳尔，我在楼梯下遇见了他，和他说了几句话。而就在布劳尔遇袭之后，他被人看见穿过第一公寓庭院，向守门人的管理室走去。我们不得不把这个陌生人视为嫌疑人，因为他在那种时机出现在了那种地方。还有一件事，布劳尔房间的钥匙，就是在那晚放错地方的。有某种证据表明，有人进入了布劳尔的房间。我不知道这两件事是否有关联，但我觉得应该有，但也可能只是个巧合罢了。如今，偷窃艺术藏品没什么可奇怪的，虽然这个案子里又似乎没什么东西被拿走。"

院长从椅子上站了起来，穿过房间，走到面向花园的窗前。已经八点多了，不远处，他的三个孩子本该上床，此时却正在和韦斯特莱克激烈争吵，看起来与花园里一个花坛中央的玫瑰丛有关。

"我不明白为什么班伯丽小姐必须得死。"

"这就是一个大谜团，"戴维说道，"我们可以推测一些原因。她可能运气不好，发现了什么不能暴露的事，但我们在这猜测也无济于事。凶手为什么留下了证据？伤口又为什么在她手上？这些问题都掩藏了真相。有可能我已经找到答案了。"

考特尼博士满怀期望地抬头看他，但戴维没继续说下去。"你在保密你的推理吗？你这个讨厌的老私人侦探。"

"你得让我有点乐趣，院长。此外，我也许错了，我可不想看起来像个傻瓜似的。一切还未到时机。"

"那你什么时候动身去度假？"

"假期在一星期之后，去意大利的伊斯基亚。我告诉过你吗？"

"是的。"

"杰弗里和凯瑟琳也一同去。但在离开之前，也就是下个星期，我要去伦敦几天。"

"我想是盖恩斯伯勒酒店吧。"

"是的……袖珍老派而又安静清闲，许多年了，还是同一个守门人。食物也合我口味，拐角就是大英博物馆。你知道的，那地方非常独特，有着让我心情愉悦的氛围。"

"霍奇斯不太可能再找你了吗？"

"不太可能了。明天是有关津提案的调查讯问，但除此之外，他已经获得我能提供的所有情报了……"

"除了你就班伯丽小姐之死的看法。"

"我明天必须得告诉他我的看法，没准我又会被他笑话了，如果没被他笑话，倒也不错。"

# 伦敦
## ／星期五

### 一

戴维要乘坐的是十二点四十分的火车。但离开剑桥之前，他打了三个电话。

"我？凌晨两点左右在外面走来走去？"考尔说道，"当然没有，我那时在读书呢。"

戴维就在楼下放弃了这个猜测，但当时那个在回廊里游荡的人也不是莫斯廷·汉弗莱斯。星期一他忙了一整夜，因此他在床上一直睡到了第二天的十一点钟。"从其他人那里听到的，'因此'这个词就是个不合理的推论，"戴维说，"但我明白你的意思了。"

调查讯问没花多长时间。戴维谈了他所了解的情况，但没提及帕维克这个名字。法庭并非为道德审判而召集开庭，而是为了确定死亡性质。法庭认为，依据陪审团的意见，津提博士是自杀。

五分钟之后，戴维和霍奇斯督察坐在一起。霍奇斯很严谨，他只能告诉戴维，班伯丽小姐确实和布劳尔博士死法相同。戴维没那么严谨，他谈了昨晚在摆弄领带时突然产生的想法。

"你无法证实这一点，先生。"霍奇斯说道。

"我知道我办不到。这只是一种想法而已。"

霍奇斯点点头。

"确实如此，先生，你可能是对的。但我不知道有谁能证明这一点。"

"我也不知道，"戴维说，"但是，假如你没有其他想法，也许这个想法有用。不管怎么说，我觉得我应该告诉你。"

"谢谢你，先生。我非常感激你所有的帮助。"

"无论如何，你倒没有笑话我，"戴维说道，"嗯，再见，祝你好运。我得走了。我正要去追寻那种乐趣，被人怀疑为生活的乐趣……实际上，此刻我招来的出租车正等在外面，时间一分一秒地飞逝，我得毫不耽搁地去赶车了。再见，督察。如果需要我的话，你知道在哪里可以找到我。"

# 二

戴维在一等车厢的角落里坐定，思绪回到了火车本身。他年轻时期就养成了这种优雅的习惯，那时他母亲总是坚持坐在这个位置，还有一个丑陋的暖脚装置。他还记得，那东西大约有卧铺那么大，那是铁路公司好意提供的。很奇怪，如今六十岁以下的人都没见过这么个金属的热水装置了。再过四十年，有关这种装置的知识很可能就全消失了。历史太荒唐了，戴维边想着，打开了旅行包，取出一本书来——一半的乐趣没了。

此刻他沉浸在过去中。他偶然有了个想法，调查一下那些研讨会参与者近来写了些什么。说了也没用，这根本不关他的事。还有一个多重谜团有待破解，可能他比其他警察更容易理解一些线索呢。一个作者的部分心思必然会在其作品中显现出来，他觉得值得一试。

邦迪尼写的东西没有翻译。戴维不想读琼斯·赫伯特约《抗生素和母牛》，他觉得这对自己，大概也对那头母牛不公平。但他收集了沃洛夫最新出版的书，《丛林中的人们》；还有克拉斯纳三年前出版的书，《我所知道的亚马孙》；威洛的《重访索马里》他读过了，但他也随身带着，此书可能很重要；他认为班伯丽小姐的书《在诺森伯兰郡度过的童年》不太可能符合当下的语境；而他也带上了埃加小姐的《有毒植物》，预计此书会趣味盎然。

目前，他沉浸在《匈牙利的恐怖时期》中，此书写作于1958年，在美国匿名出版。在英国，此书由戈弗雷·肯宁顿出版。此人和蔼可亲，不久前戴维还曾尝试与其分享他的某些传统知识。他之所以带上此书，部分原因是在之前的星期五晚餐时，此书成为餐桌谈论的话题；部分是因为对此书他不忍释卷。昨夜他在床上已经读了几页，以至于没法不带。此书并非是可怕事件的乏味汇编，而是一种道德谴责，其构思的眼光长远。此书的风格让他想起了让·吉尼特。此书中，交替出现了令人吃惊、低下谦卑、使人反感、诚挚感人的内容。这简直是一部诗。在开头部分，作者勾勒了一幅他在匈牙利从小长大的生活场景。他的母亲年轻漂亮，他的农民父亲工作辛勤，家里还有他的妹妹。那里犹如苹果花香般美好。随后，战争和监禁来了。然后，经过短暂的自由时期，一个意想不到的结果使他回到了匈牙利，结局是再次被监禁。此书主要叙述的正是这第二次更为残暴的监禁。但作者就像是某个大型音乐作品的作曲家那样去写作。这第三乐章的主题是布达佩斯的监牢，但与此对应的则是流淌着第一乐章里熟记的那些主题，苹果花香的日子里，他的母亲，他的父亲，他的妹妹，以及农场。这些往事的主题一次又一次地呈现，仿佛此时监狱和不公还夺不走旧日时光。

当他读到十月和十一月的激烈岁月时，往事的主题被抑制了。一时间，在第四乐章里，作者兴奋地写着监牢被打开、在街头战斗、从布达佩斯逃离,急于逃到奥地利边境。这是一个人面对人间灾难的视角,戴维读得入迷了。随后,如同作曲家有时会回到某个格言式的主题那样,《匈牙利的恐怖时期》的作者骤然回到了他的第一个主题。他自由了,带刺的铁丝网已经留在他的身后了,激烈的枪声和隆隆的坦克凭空消失了。他在剧中的角色结束了,而来自过去的浪潮汹涌卷回,迎接他的是悲剧作品中最伟大的主题,那就是他生活的真正目的。

    我安全了。我越过了边境。但我不会入睡,直到我在纸上写下我的誓言。

    我无法忘却监牢,还有那些我从未犯过的罪行。我永远不会忘记战争开始之前的那段日子,我的家、我的农场、我的母亲、我的父亲、我的妹妹。令我心碎的并非发生在我身上的事,而是发生在他们身上的事。

    我的家、我的母亲、我的父亲,我无法为他们复仇。我不认识毁灭他们的罪恶之手。

    但那双手,那两只毁灭了我妹妹的手,我却是认识的。我会毁灭它们,哪怕拼尽我的生命。

    十一月二日,我和许多人一起越过了边境。我们受到了奥地利人的善良接待。

火车缓缓驶入利物浦大街车站，就在车停下前五分钟，戴维读完了《匈牙利的恐怖时期》。当他乘坐的出租车停在盖恩斯伯勒酒店门口时，他仍然在想着这本书里的内容。

"哦，戴维博士，你可真成个陌生人了！"接待员墨瑟小姐说，她说话的时候和过去十五年里说话的语音语调完全一样。

"我上个星期还在说呢，我们已经有段时间没见到您了，先生。"上了年纪的酒店行李员弗兰克说道，"记住我的话，我说过，戴维博士不久就会来了，我说过的。"

杰克是个电梯工，他的笑容惹人喜爱，是酒店里重要的引客招牌，但他没说什么。谁也没指望他多说话，他咧开嘴的笑容已然胜过了一切。他用电梯把戴维送上了楼，下楼时口袋里又多了半个克朗。

戴维打开行李，在床头柜上放好了书。下一本他打算读《我所知道的亚马孙》。克拉斯纳在这个研讨会上不善言辞，大概在他的书里他会把自己介绍得更好点吧。

下楼之前，戴维拿起电话，要求接肯宁顿出版公司。

"戈弗雷……是你吗？"

"是的，请问是哪一位？"

"戴维，圣尼古拉斯学院的，还记得吗？"

"戴维博士！"

"就是我。"

"哎呀，你好吗？"

"老了不少，戈弗雷。你也近况不佳吧，不是吗？听着，我想请你帮个忙。"

"说吧。"

"《匈牙利的恐怖时期》。"

"嗯。"

"匿名出版。"

"是的。"

"嗯，我想知道是谁写了这本书。"

"我很确定，就算我知道，也不该告诉你，可惜我不知道。瞧，此书是在美国出版的，不是我经手安排的。"

"但你能找出来吗？"

"也许吧。这取决于作者隐藏了一个什么样的秘密。"

"哦，试试吧，好吗？"

"我会的。"

"很紧急。"

"我马上就写信。你在哪里？"

"眼下我在盖恩斯伯勒酒店，但下个星期我要去意大利的伊斯基亚。

地址嘛，就写意大利福里奥的马里奥酒吧，转交给我。"

"我看能做些什么。"

之后，戴维走下了楼梯，点了茶，要求送到一般人都想不到的一个小花园，在酒店背后。他随后去了那里，在一块小草坪上有个藤椅，他舒服地坐下了。那里三面环绕着喇叭花和玫瑰花。周围街道上，那些十八世纪老建筑暗淡的背部遮挡了西边的天空，这就让酒店背后的这个小花园给人以极其偏僻的感觉。戴维在阳光下打了个盹，就十来分钟。然后杰克给他端来了茶和三明治，还有一小盘装在纸袋里的三小块蛋糕，一块撒上葡萄干，一块上面是粉红色的糖，一块夹着巧克力、顶端是半个核桃。盖恩斯伯勒酒店的茶点永远如此。

三

盖恩斯伯勒酒店坐落在偏离大罗素街的一条安静的路上，背对着大英博物馆，对面的那条街上都是摄政时期的建筑，赏心悦目。那些建筑一度被富裕阶层和上升时期的中产阶级所占据，而现在则是整洁的小旅馆，还是出版商的所在地。这地方让戴维博士很感兴趣，他很高兴回来了，准备好好享受一番。

第一夜，他打算出去散步，因此，在盖恩斯伯勒酒店晚餐之后，八点开始他步行去沙夫茨伯里大街，以他颇值称赞的克制精神，避开了大罗素街和博物馆街上那些古怪书店橱窗的诱惑。这段行程走了二十分钟。他打算在回来的路上或第二天再来欣赏一番。

他快活地逛了一圈剑桥广场上大大小小的商铺地摊，那里大概是伦敦西部最具十九世纪风格的地方了。然后他沿着大街继续走着，间或驻足细看一番那些鼓、吉他、萨克斯风等乐器，或观赏一下那些展示着性感服饰的橱窗：粉红色的裙子、花瓣式的领结，以及愈发简洁的贴身内裤。戴维穿的内裤可是最好的那种，但他仍记得在他不堪回首的本科时代，他穿着长长的羊毛内裤，太滑稽可笑了。

就这样，他心里想着这些变幻莫测的时髦服饰，走向了圆形广场。那里已有了一些令人不安的变化。特洛卡迪罗商场已让位于"烧烤店"之类的地方（毫无敬意可言了吧？），还有一个保龄球场、一家夜总会。而沿着考文垂大街走下去，里昂角落餐厅楼上精巧制作的瑞士卷筒蛋糕，已经不再每半分钟就卷出一个来了。但圆形广场上的吉尼斯时钟依然主宰着一切，而在沙夫茨伯里大街底部的那位蜡质女士，如过去五十年那样，仍旧优雅地忙于她无形的修补工作。时光停留在她真实工作时的状态，再现了她一连串不平稳的机械动作。当年她在橱窗里引来了太多人的注意，以至于在警察的要求下，她的动作不得不有所克制。戴维喜欢她就像此刻这样，悄无声息地忙于她的工作。他觉得，这样并无不妥，她就该无形地从事她无形的修补工作。

那么，并非一切都丧失了。

戴维的脚步折回，向左转到了沃德街，再右转走进了老康普顿街。这里的橱窗最令他陶醉：咖啡和咖啡壶；葡萄酒和各式糕点；层层堆叠的通心粉，各式奶酪摆放得如同车轮，意大利腊味香肠形如棍子，以及各种各样设备锃亮的厨房。

迪恩街、弗里斯街、希腊街。他选择了希腊街，但他吃惊地注意到，越来越多的门廊下，都有无聊的年轻男子在力邀过路行人进去观看脱衣舞表演。而伦敦那些最不吸引人的女人则站在另一些门廊下，而非违法地站立街头。在这些场景之间，他曾时常光顾的那几个极其出色的餐馆都在，还没有从这个贺加斯式的世界中消失。这里是他曾经熟悉的地方，但如今变得有点陌生了，于是，戴维比他原本打算的走得快多了。

街道尽头右侧的那幢漂亮老宅标志着一个分界线，那住宅的花园里长着梧桐树，是悉尼·卡尔顿曾经拜访玛奈特博士的地方。此刻，餐饮乐苑中炫目的灯光和繁忙的嘈杂声都已抛在身后了，前面就是一块安静的方形园地。

这个花园的几处大门都关上了，但他站了一会儿，从栅栏缝向里凝视着那些花朵，以及坐落在花园中央奇特的八角形房子。粗大的梧桐树伸展遮盖着一切。气候侵蚀，加上伦敦尘土的黑影，也因为凯厄斯·加布里埃尔·基伯的缘故，理查二世的塑像表情超出雕塑家的意图，更显出嘲讽神色，并保持着警觉。塑像的位置很不恰当，脸朝着乏味的牛津街，背对着那些表演脱衣舞的场所，以及门廊里那几朵迟暮的玫瑰花。

戴维在教堂处右拐，沿着一条窄小街道，走向查令十字路、穿过此路走进了新牛津街。然后，经由科普特街，他很快就走过了大英博物馆那座典雅的宏伟建筑。恶作剧商店橱窗里沉默地闪烁着险恶：一只令人恐惧的毛茸茸爪子，一张面无血色、下巴滴血的可怕面具，一盘吸血鬼的尖牙。戴维不由得蹑手蹑脚地朝盖恩斯伯勒酒店走去，嘴里哼着一个调子，有时他根本记不得了，而有时却又无法忘却。今夜，他就哼着这个曲调，刚哼到了那个令人惊奇的结尾时，他注意到自己正在经过达尔奈大街，这是右侧转向盖恩斯伯勒酒店前的最后一条街了。达尔奈大街上有家书店，往日他数次入住盖恩斯伯勒酒店时都曾去那里仔细寻找过，从未发现让他感兴趣的书。如今，那里也不太可能有他喜欢的书。但他还是转身走上了这条大街，就在他这么走着的时候，他注意到书店外右角凸出了一块小招牌，黑底金字，写着传奇般的店名"斯顿夫古籍书店"。

# 四

十分钟之后，戴维照例与墨瑟小姐打趣了一番，随即回到了自己的房间，面对杰克为他送来的一杯威士忌和一盘饼干，陷入了沉思，想着斯顿夫和他的俱乐部杯子，以及他的故事是否与布劳尔的悲剧有关。布劳尔的信里并未给他特别的指示，所以，假如在布劳尔留下的文档里有任何布劳尔的争辩证据，那么，现在也不在那里了。戴维没发现什么文件，却发现了一片玫瑰花瓣。没有证据可以把那个身穿灰色服装的男子和文档联系起来，更无半点证据可以把此人与斯顿夫相联系。难道就因为此人星期一三点四十分时出现在那里，就会是凶手吗？或者他只是一个书商的旅行推销员，选了一年中最糟糕的时机进行职业性拜访？要不是那片玫瑰花瓣，后一种怀疑本就该被考虑到的。不知怎么，戴维无法放弃有关那片玫瑰花瓣的猜测。无论如何，它为何出现在那里？去拜访斯顿夫先生时，"我没法找到您给布劳尔博士的任何信件，因此，您一定是偷窃了这些信件吧？"难道他就说这些？当然不行。但他非常清楚，他早晚必定会去拜访斯顿夫先生的，很可能明天上午就去，只要斯顿夫先生星期六也办公。

戴维跳上了床，拍打了几下枕头，使之成为合适的形状，然后伸手去拿那本《我所知道的亚马孙》。

克拉斯纳的探险队里有五个人物，全书通篇都以他们的教名称呼——汉斯是个摄影师，瑞典人；吉姆是位动物学家，英国人；埃里希是队里的医生，来自欧洲中部国家；而特兰福特是美国人，人类学家。克拉斯纳没有说明自己的身份，但显然是个天生的探险家，还是个机智老练的队长，善于和印第安人打交道，虽然也许是那些唱片巩固了他们之间的友谊。"随着唱片开始旋转，"戴维读着文字，"他们的黑眼睛在月光下闪烁着，有点胆怯地寻找对方的脸。当黑色的匣子开始放声歌唱时，我记得是索菲·塔克的歌声，我们周围的每一个人都一起吸了口气。他们既感到困惑，又感到欣喜，欣喜至极。所以他们就要求我们一直放唱片，直到深夜。"

这本书出色地插进了许多照片，有关雨林的，或者是黑瓦洛人的，还有他们的村庄，脸上满是皱纹的老人，他们身材肿胀的丑陋妻子们，赤身裸体的孩子们在用长矛刺鱼，英俊的年轻男人们在制作或发射吹射枪。埃里希对吹射枪和毒箭深感兴趣，有一张照片显示他正在观看一个年纪非常大的老人搅拌着一大锅东西。他在炖大型蚂蚁的汤汁，混合着箭毒马钱子，以增强毒效。戴维记得克拉斯纳曾在考特尼太太的花园聚会上提过这种蚂蚁。照片的标题是"埃里希学习制作蚁毒"。戴维有点遗憾，占据照片画面的主要是那口大锅和那个老人。埃里希背对着照相机站着。他的身材矮小灵巧，穿着军装式衬衫和短裤。没人能说得更多了。"通过对老马蒂展现独特魅力，"克拉斯纳写道，"埃里希成为这类事情的权威专家。他做了详尽的记录，更重要的是，为了他的研究需要，他最终获得了制成的毒液样品。"

两小时后，戴维关灯睡觉时，感到自己对亚马孙雨林了解了不少。但他入睡时一直思忖着埃里希的事。津提和克拉斯纳，克拉斯纳和埃里希，埃里希和一位搅拌大锅的老术士。任何人都能从中想象出一条未经证实的有力证据链。埃里希只需向克拉斯纳提供毒药，而克拉斯纳只需使用就是了。不幸的是，这个推理只推到克拉斯纳为止，并以其当时就站在圣尼古拉斯学院的大厅后面，这个完美无缺的理由就宣告惨败。克拉斯纳说过他有个计划，但如果他有的话，很显然，他没有执行。

据他们说，在亚马孙雨林里没有尸体。如果在那里的水域发生了惨剧，面目可憎的食人鱼在几分钟之内就吞噬了尸体。戴维觉得《我所知道的亚马孙》一书同样成功地隐瞒了许多亚马孙的秘密，如果那里真有秘密。但是，就克拉斯纳的探险一事，没什么神秘可言，应该很容易搞清楚谁是吉姆、汉斯、埃里希还有特兰福特。

但戴维现在就想知道。

# 伦敦
## ／星期六

### 一

又是炎热的一天。戴维坐在敞开的窗前，边用早餐，边从花园看向酒店背后的邻街。与酒店建筑直接相对的是一幢房屋，看上去冷峻阴暗，紧闭的窗户肮脏不堪。戴维想，毫无疑问，那是底层华丽，而上层从不示人的大楼。

到了十点钟，他准备外出了。他身穿一件淡黄色夏服，并且无所顾忌地给自己衣服上插了一朵从花园里采撷来的玫瑰花蕾。

"您打扮得如此整洁，戴维博士。"墨瑟小姐说。

"墨瑟小姐，在伦敦，我总是盛装出门的。"

墨瑟小姐回报以一连串银铃般的笑声。

"戴维博士也会开点玩笑的。"老弗兰克说,可戴维已经在思索自己的话显然有点不妥,不仅不妥,还有点老套了,让人厌烦。他对自己生气。

在星期六的这个时间里,人不是很多。戴维沿路走到大罗素街,向左拐。他从霍奇斯那里得知,克拉斯纳和马登小姐两人都被要求留在伦敦,等待有关班伯丽小姐一案的调查讯问结果。所以他打算去安布罗斯旅馆拜访他们。

雅娜·马登正坐在客厅里阅读《每日电讯报》。戴维能从她脸上看出过去两天的痕迹。她看上去很疲惫,显得老了点。直到他走到她面前站定,她才看到了他。

"看在上帝的分上!是你,戴维博士!"

"早安,马登小姐。坐着别动,我也坐下来吧。这可不是巧遇,我就住在附近的旅馆,所以想来拜访一下。"

"你能来我太高兴了。不用我说,戴维博士,我们这几天过得糟透了。简在警察局已经度过了好几个小时。我被讯问了三次。而且最糟糕的是,还有报刊报道。有一个摄影记者总是蹲守在旅馆外面,我们根本没法出去了。"

"这太可怕了。"

"确实如此。"

"别让此事把你累垮了。警方非常谨慎，他们不会没有证据就抓人。如果克拉斯纳先生自己心里坦荡，你大可放心，他不会发生什么事的。但警方必须调查清楚一切。"

"我知道。"

玻璃门在阳光下闪烁了一下，克拉斯纳走了进来。

"简，看看谁来了？"

"戴维博士，什么风把你吹来了？"

"他就住在街角。"

"我想知道这些事让你感觉如何，恐怕极不愉快吧。"

克拉斯纳耸了耸肩，扮了个鬼脸，坐下了。难题依旧。戴维并非前来讨论津提的案子或班伯丽的案子。

"你猜我这几天在读什么？"他问道。

"告诉我们吧。"马登小姐说道。

"拜读你的大作。"

"我的书？"

"是的，有关亚马孙的书。我已经告诉过你我对这本书多有兴趣。"

克拉斯纳笑了，雅娜·马登小姐也笑了笑。避开那个一直在谈的话题，谈谈不同的事，反倒是一种宽慰。

"我在猜想一件事。"戴维说。

"什么事？"

"你为什么对每个人物都隐去了真名，特兰福特、汉斯、吉姆，还有埃里希？"

克拉斯纳用手在膝部拍了一下。

"过去我就被问起过。那只是个噱头而已，也算个差错。没能摆脱那种随便的写法，是有点调皮也有点草率的新闻体写法。你想知道他们是谁吗？"

"是的。"

"汉斯·葛利格、特兰福特·康沃尔、吉姆·克拉多克，而你肯定知道谁是埃里希吧？"

"不知道。"

"埃里希·容格。"

"什么，就是来剑桥大学参会的容格博士？"

"正是。"

"不，我不知道。他们都发生了什么事？"

"吉姆继续在南美洲做其他的短途旅行；汉斯回家了；特兰福特也回家了，他在美国得到了一所大学的职位；而埃里希在慕尼黑找到了一份工作。"

戴维一下子泄了气，他没料到问题会回到单纯而熟悉的容格博士这儿，他想不出还有什么可说的。

马登小姐问戴维是否会在伦敦多住几天。

"只是一两天。我在去意大利的伊斯基亚途中。"

"伊斯基亚！真的吗？"克拉斯纳说。

"哎呀，看在上帝的分上！"马登小姐说道，"你很可能会遇到埃里希·容格。他说他要去那里，他酷爱游泳。"

谈话中断了一下，戴维意识到最后几句交谈有点太做作了。但克拉斯纳确实有一件事想问问，所以，不能偏离这个话题。

"戴维博士，能跟我说说可怜的津提吗？他是个极好的朋友，可我什么都不知道，除了报纸上说的那些，还有从警察那里听到的。"

"我知道的和大家一样多，"戴维说道，"你知道，他在开枪自杀前，和我谈了一个小时。"

马登小姐做了个手势，显得心绪不宁。

"但我不确定我该说什么。他承受了太大压力。可怜的人，他觉得他该为布劳尔的死负责，简单来说，就是这些。"

"是他干的？"马登小姐问道。

"不是。"

"谢天谢地。"

"我猜，"克拉斯纳说道，"他自杀了，警方也就满意了。我是说，他们并不认为他会被他人枪杀吗？"

"我很肯定，警方的确考虑了这个可能，克拉斯纳先生。但陪审团最终裁定为自杀。"

"你说的这个，并非警方的真实想法吧。"

"我向你保证，我不知道他们的真实想法是什么。他们问了我许多问题。"

"我打赌会的。"

"但我不是他们内部的什么委员会成员。"

"那么你个人认为？"

"我认为是自杀。"

"可怜的津提。"马登小姐轻声地说道。

一时之间，无人说话。"你介意我问一下你星期一下午的事吗？"戴维问道。

"问吧。"克拉斯纳说。

"直到演讲开始前我才到达大厅，当时没在大厅后面看到你。但我知道，院长宣布布劳尔的死讯后你立刻出现在了那里，威洛太太看到了你。我猜你是迟到了吧？"

"是的，我迟到了。"

"你什么时候到的？抱歉，我有点好管闲事，但我想弄清楚当时每个人都在哪里。"

"警察不就在干这事吗？"马登小姐问道。

戴维回答说："我想他们是在这么做，马登小姐。这是个无关紧要的问题，克拉斯纳先生也不是一定要回答。"

"我能替他回答。我是出了名的爱迟到，所以不管怎么说，我们迟到了。但当我们快要到达大厅时，我想起自己把手提包忘在围地的一个座位上了，于是克拉斯纳先生就回去拿了。"

"我明白了，但是克拉斯纳先生是在整个事件过程中的哪个时间点走进大厅的？这才是我感兴趣的事——一个确定的时间节点。"

"我没法确定，"克拉斯纳回答道，"那时整个大厅一片混乱。"

"我估计大约在布劳尔博士倒地后的两分半钟吧。"马登小姐说。

"你有没有在路上看到什么人？在楼梯上，或者在巴克斯特公寓庭院里？"

"我没穿过巴克斯特公寓庭院，我们走的是第一公寓庭院外的野地。所以，我穿过了那个庭院，然后再走过了回廊拱门。"

"你没见到任何人吗？"

"没有。"

"谢谢你。抱歉，我有点过分好奇了。"

"没什么。"

"上帝啊！"戴维说道，"已经十一点了，我该走了。"

马登小姐伸出了手。

"愿你们一切都好。"戴维说。

克拉斯纳扮了个鬼脸，拇指向窗户指了指。

"我不送你到门口了，如果你不介意的话。"

"当然不必了。"

在玻璃门口，戴维回首瞥了一眼。马登小姐正握着克拉斯纳的手。他们没看戴维，正相互注视着对方的脸。

"我很高兴他们那么做。"戴维对自己说。

但是，有个不争的事实是，克拉斯纳不在场证明里有两分半钟的漏洞。


## 二

从安布罗斯旅馆去达尔奈大街只需步行五分钟。斯顿夫古籍书店正在营业。戴维推开了店门，走进了一个装饰尚可的小店。店门背后有一只旧铃发出了沉闷单调的咔嗒声，但无人回应铃声的召唤。店堂中央的一张桌子上放着几卷十八世纪的书，而周围的墙壁书架上却是数百本现代装帧的书。戴维花了几分钟浏览了一下这些书的书脊，似乎有一大批书有着诸如《古埃及的色情》《男性生殖器崇拜史》以及《桦树》之类的书名。对后者略加审视，即可证实为对学校里实施体罚的赞美，由尊敬的詹姆斯·帕西弗洛神学博士用押韵对联写就。店堂后面是个办公室，用玻璃门隔开。戴维朝里张望了一下。柜子上的一个托盘里有许多小捆的明信片，每捆有一张明信片显露着，表明这一捆的明信片内容。戴维没法看得很清楚，但他所看到的已足以让他吃惊。正在张望之际，他背后有个声音问道："先生，您在找什么东西吗？"他略感尴尬，很难说不是，那显然是的。

询问者是个瘦弱的年轻人，脸色亲切友好，有一头乱发。他一手端着半品脱牛奶，另一手拿着一只纸袋，看上去像是装着甜甜圈面包。他不是那种有意为难他人的人，所以，戴维对他笑笑，说道："我就随便看看，想问问我能见斯顿夫先生吗？"

"斯顿夫先生？"年轻人显得很吃惊。"我不知道，"他说道，"我实在不知道。他可能不在，即使他在，我也不知道他是否愿意见您。"

居然真的有人想见斯顿夫先生，这让年轻人显得大为惊讶。

"你能试试找到他吗？"戴维问道。

"我可以试试。"年轻人回答，却没动身。

"那么去试试吧，像个好小伙子那样。"戴维说。

"好吧，"年轻人说道，"我会去试试，但我什么也没有承诺。他星期六一般不见来访者的。其实，不光星期六，实际上他哪一天也不常见人。"

年轻人打开了玻璃门，把牛奶瓶和纸袋放在桌上装明信片的托盘旁。随后，他出乎意料地合手做祈祷状，以夸张的虔诚语调说："请求上帝恩准今天上午斯顿夫先生心情愉快。"之后，他特意朝戴维眨了眨眼，转身出去，消失在办公室另一侧的门里。

戴维听到他轻微的上楼梯声，接着就是敲门声。有个沉闷的声音回应了，随后就走进了他头顶上的那层楼板。年轻人柔声说话，但戴维无法听清他是如何向斯顿夫先生说明他的情况的。可是，斯顿夫先生的回答倒是清晰而愤怒。"他是谁……为什么没有问问他的姓名……他想干什么……我很忙……好吧，带他过来，去后屋。"

很快戴维就听到脚步声下了楼梯。然后，办公室的门被打开了，那个年轻人向他招招手。于是，戴维就推开了玻璃门。

"我的危险任务圆满完成了。"那年轻人嗓音沙哑着低声说道，仿佛他们是同谋似的，"您被召见了。什么都别说，不管您是干什么的，别去看他们的照片。"

戴维觉得他很喜欢这个年轻人。

一旦进了门走上了楼梯，斯顿夫先生的古籍书店的确成了古文物。楼梯破旧磨损，没铺地毯，墙上一张比一张贴得高的体育类图片已经脏了,歪歪斜斜的。在楼梯拐角处有个象牙矗立在被蛀虫侵饱的底座上。有人很久以前在象牙头上挂了个圆顶高帽,那帽子已经变灰白了,积满了灰尘。尽管七月天气酷热,整个地方却有一股潮味。

楼梯顶端有个小平台,分隔开了两扇门,一扇门在左边,另一扇在右边。显然,左边的门就是书店楼上的房间,但年轻人打开了右边的门,并且是小心翼翼地打开的。很明显,瓷制门把手通过金属棒与门背后的门把手连接欠佳。

年轻人让门打开着,下楼去了。

沿着墙壁摆放着书,地上也是一堆堆地放着书。窗户的右角有一张大桌子,上面堆放着大量的纸张。桌子的四周都有一张椅子。戴维在访客椅上坐定了。坐在这张椅子上看桌上的一切都是颠倒的。这些倒放的信件倒是有点吸引力。戴维总是觉得这种挑战难以抗拒。所以他很快就陷入了破译颠倒文字的乐趣中。

他尝试看的第一封信极其困难⋯⋯

敬启者

本月

敬致您的伟大企业

……但他感到自己的努力得到了充分回报。那些人的名字多么精致优雅！

相比之下，下面就像是小孩子的玩意儿了。

例　纲

圣尼古拉斯学院

戴维只花了不超过两秒钟就辨读出来了，又花了五秒多钟思忖了一下此事的意义，因为他瞪眼看着的是一个信件副本。信件副本一般由发信人保存，但为什么这个信件副本会出现在收信人的桌子上？这个信件副本在小夹子里文件的最上面。戴维回头瞥了一眼楼梯平台对面的另一扇门，随后轻轻地站立起来，踱到了桌子的另一面。

在信件的底部有个空白处，应该是原件的签名处。在这下面打印着名字：保罗·布劳尔。戴维眼盯着门口，大胆地伸出了一只手，翻阅起这些文件。小夹子夹着三封原信。他看到了一个签名——塞缪尔·斯顿夫。戴维毫不怀疑这个小夹子里的信件原本应该躺在剑桥大学圣尼古拉斯学院里标记为"S"的那个文件夹里。

平台对面的门剧烈地震动了。戴维轻巧地转身，装作是被书架上的书深深吸引的姿势。可惜的是，他不得不装作深深吸引他的是沃尔特·斯科特爵士的两套全集，但他希望自己或许能掩饰过去。当斯顿夫先生走进房间时，戴维转脸以一个礼貌的微笑相迎，却没有得到对方的任何回应。斯顿夫先生大腹便便，又矮又胖，脸色灰黄，两眼躲躲闪闪，显然很有戒备之意，厌恶施惠于任何人。

戴维骤然有种恐惧感，不知道该对他说什么。

"你要见我？"斯顿夫先生问道，目光并不友善，"我很忙。"

"我敢肯定您一定很忙。谢谢您允许我拜访。"

"我给你一分钟。你想要干什么？"他指指访客座位，而他自己则坐在另一张椅子上，他这么做的时候目光落到布劳尔信件的那个小夹子上了。他的眉头恼怒地一皱，然后拿起小夹子里的信件，拉开桌子的一个抽屉，放了进去，再关上了抽屉。

"好，"他问道，"你想要干什么？"

"我的名字叫康韦，"戴维撒了个谎，"我在猜想您是否有什么能让我感兴趣的东西。"

"这取决于你指的是什么了，"斯顿夫先生回答，"我们这里有许许多多多有趣的书，各种价格都有。"

斯顿夫现在确实笑了，但戴维把目光移向了别处。

"并不是书。"他匆忙地说了一句。

"那就是画了？昂贵的画价格非常高，我可以告诉你。我们有一些罗兰森的画。假如只是想要普通类型的话，你可以在楼下自己看看，不必来打扰我。"

"也不是画，斯顿夫先生。您不理解，大概是我还没有解释清楚我的意思。"

"好像没有解释。"

"我感兴趣的是艺术品。"

"艺术品？"斯顿夫先生说着，狠狠地盯着戴维看。

"是的。"

"艺术品？我们不做那种生意。这是个书店，你已经看到了。"

"很抱歉。那么我肯定是被误导了。"

"谁告诉你的？"

斯顿夫先生隔着桌子猛然提出这个问题，这让戴维大吃一惊。

"嗯，我去年夏天在切尔滕纳姆那个地方遇见一位绅士告诉我的，在一次会议上，我忘了他的名字，他是个玻璃制品和瓷器的鉴赏家。他告诉我来您这里，我肯定他是这么说的。"

"他说错了。"

"那么我很抱歉打扰了。"戴维说着，站起了身。

斯顿夫先生没说话，但他看着戴维，目光极不友善。

"您这里窗外的景色不错，"戴维带着虚假的愉快口吻说道，但他担心骗不了什么人，"伦敦有那么多隐藏的漂亮花园。"

"那是盖恩斯伯勒酒店的花园，"斯顿夫先生说道，"正好在我们院子的背后。"

"住在这里的话，看看这景色真好。"

"这房子里已经没地方让人住了，我敢保证。书、书、书，从地下室到阁楼里堆得都是。"

"哦，早安，"戴维说着，从开着的门走向楼梯平台，"抱歉占用了您的时间。我自己能下楼。"

这话说得毫无必要，斯顿夫先生根本无意起身送访客下楼。他在戴维的身后穿过了楼梯平台，砰的一声关上了门。

在那个小办公室里，瘦弱的年轻人神色戒备地站在放着照片的托盘旁，而一个看似体面的中年男子正试图装作他只是碰巧站在那里。不幸的是，那个年轻人没领会别人的暗示。

"不，我们已经有段时间没有进新东西了，"他说道，"真可惜。"

"上午好。"戴维说着，走了过去。

"上午好，"年轻人说，"得到您想要的东西了吗？"

"很不幸，没有。"

"早就觉得您得不到的。"

走出了店门，戴维在耀眼的阳光下驻足，看着一只军用鸽子不知疲倦地在街上大摇大摆地走着，寻找食物。他不知道的是，他自己也被斯顿夫先生从书店楼上的窗户里观察着。

鉴于刚才发生的事，幸好戴维左拐走进了大罗素街。至少他没有让斯顿夫先生觉得他就住在盖恩斯伯勒酒店。实际上，他是朝夏洛特街上的雷拓瓦勒餐厅走去，他打算在那里犒劳自己一下，吃一顿美美的午餐。


# 三

戴维从未想到自己会如此勇敢。他不喜欢愚蠢地跳进泰晤士河试图救生，也不可能对街头混战应付自如。但他具有冷静的判断能力。他从来就不会陷入惊慌失措的境地。他曾经照管过一个妇女，当时她在高悬于意大利海滨山崖边的一条狭窄小径上突然歇斯底里发作。他能够处理好那类事情。他害怕暴力，但不害怕危险，还相当享受事先预想好的冒险。而在雷拓瓦勒餐厅午餐的过程中，他心里始终盘算着一次冒险行动。

他拜访斯顿夫这件事本身完全无用。斯顿夫没有透露任何事，只是显露出如此明显的敌意。纯粹是碰巧，他看到了他迫切想看到的东西。但是，既然他已经知道了布劳尔的那些信件被放在什么地方，他怎能不设法去拿到它们呢？去警察局，肯定没用。运气好的话，警方需要比戴维的催促更有效的许可，才能进入私人房屋。戴维根本不可能再次去拜访斯顿夫先生了。他在思忖着能否雇佣某个人去拜访，比如某个叫伯蒂·伍斯特什么的人，那人能够趁着斯顿夫先生在他的私人圣地里收集文学珍本时，搜一下那个桌子的抽屉。遗憾的是，这听上去很像是奥德维奇剧院里那些滑稽剧的第二幕，戴维早在三十年前很喜欢看这类剧情。此外，这还需要组织安排呢。他可没有伯蒂·伍斯特，也没有时间去寻找这么个人。在星期六下午，布劳尔的那些信件可能仍然在斯顿夫先生的抽屉里，但到了星期一上午，它们就未必在了。

戴维脑子里翻腾着这些想法，从雷拓瓦勒餐厅出来了。走在人行道上的他迟疑了一下，然后右拐。他在想，也许不妨走走另外的路回酒店，从大英博物馆背后走，而不是沿着大罗素街从它的前门经过。

回到盖恩斯伯勒酒店之后，他站在餐厅里，视线越过了花园，看着斯顿夫先生的缪斯神庙那黑黝黝的背面。除了戴维去拜访过的二楼房间之外，每个房间里都凌乱地堆放着书籍，一直堆到沾满污垢的窗户一半的高度。所有窗户都关着，毫无疑问，一个富有经验的入室窃贼花两分钟就能打开这些窗户。但戴维甚至连入室窃贼的学徒都不是，并且他也明智地估计到，攀爬落水管也非他羸弱的体能所能胜任的。

他打开了落地长窗，走进了花园，随后他围着几处花坛，懒散地走动着，一支接着一支地仔细打量这些玫瑰花。他感到自己像个专注的花匠，轻巧地走到最后那个花坛背后，显得像去端详一番那些蜀葵。那里遮挡住了酒店，所以，戴维就从墙上向外窥视着。

另一边的空地有盖恩斯伯勒酒店的花园一半那么大，完全荒芜了。一两朵野生的花与缠结的枯黄野草微弱地做着争斗，一大丛柳草堵塞了一个角落，一支神色疲惫的蔓生玫瑰点缀着一面墙，一条煤渣小径通向一个后门。后门旁边有一个小窗户，很可能属于一个盥洗室或者碗碟洗涤室，窗户打开了一小半。

戴维从蜀葵后面出来，慢慢地穿过草地走回去了。他已经下了决心。他现在打算用下午的时间休息、读书。

# 四

戴维对威洛的书很熟悉。他只想回忆起有关制作毒药的情节。"那只鸽子，敏锐的眼中闪现出困惑的神色，立刻就倒地了。"他读着。那种索马里的东西在新鲜时最危险，但它可以保存相当长时间。那很重要，戴维想着，心里同样想起了孤独的猎手和富于心计的杀手。毒死布劳尔的毒药肯定是从远方带来的，想必是为此目的。克拉斯纳、沃洛夫还有威洛都在他们的书里描述过这些毒药，那就让人不由得想到他们。但是研讨会的每个参加者都有可能具备类似的知识，只是不说而已。对他们这些人来说，调查偏远地区的各民族生活状况是公开的事业，甚至连班伯丽小姐也去过非洲中部。埃加小姐曾去过中亚地区进行植物方面的探索，或许只有上帝知道她在那里收集了多少种罪恶的制毒秘方。

戴维放下了《重访索马里》，拿起了《丛林中的人们》。沃洛夫并未像一个专业的调查者那样写作。他的写作风格就像一个旅游度假者，他是出于爱好而去探险，所以，他记叙了让他高兴的事——丛林植物、高山峻岭、高尚出色的人们等，还有动物，尤其是幼年的动物。书里有一张吸引眼球的照片，他在用奶瓶喂养一只特别幼小的熊。尽管书名叫《丛林中的人们》，但此书仍是一本自然主义作品，是一部历史书。在叙述马来西亚和婆罗洲的箭毒时，他不是作为毒理学家去描述。他喜欢的是有关爪哇毒树的传奇故事，以及社会学含义。他了解所有箭毒木的知识，他更喜欢引述古代的描述，"巨大的箭毒树，其散发的臭味毒化着周围数英里的空气"，然后推测在一个由禁忌和祭司权术统治的世界里那个故事所具备的意义。

沃洛夫使自己深受丛林民族的喜爱，虽然曾有一次他差点丧命，当时他愤怒地抗议屠杀一只乌龟的野蛮方式。人们严峻的目光都转向了他，一个来访者不该批评习惯成自然的屠杀过程。如果不是他曾经治愈了头人小孩中毒的手，沃洛夫也许会在那次争论中倒在自己的坟墓里。

"我气疯了，"他写道，"那时每当我看到一只动物受到虐待，我总是会气疯的。一段时间里，我根本无法控制自己。"

戴维思忖着，那个星期六下午在第一公寓庭院，他看起来确实是气疯了，但他气了一阵子当然也就算了。在考特尼太太的花园聚会上，他完全是一副和蔼可亲的样子。

沃洛夫书中有关狩猎和箭毒的部分没什么新内容。正如班伯丽小姐曾评论的那样，不同寻常的是，这些相隔遥远的民族都做了几乎相同的实验，并且都取得了几乎相同的结果。

戴维把《丛林中的人们》又换成了《有毒植物》一书。正如他得意地预料到的那样，这本书远非仅仅描述植物。人们或许可以说，此书的叙述带有怨恨，当然也带有强烈的兴趣。詹姆斯·胡克爵士式的优美措辞并不是为玛格丽特·埃加而作的："各种花卉的圆锥形花序整齐漂亮——上层圆锥形花瓣的花距向下弯曲着。"在一个特殊的例子里，比如像"乌头，低地植物，舟形乌头，附子草"中，詹姆斯爵士或许会加上一句"一种致命的辛辣毒物"。但他通常忽视了他那个植物群的有害之处。举例来说，他对致命的颠茄属植物未置一言半语的评论之辞。而对埃加小姐来说，"一种致命的辛辣毒物"是其叙述文本，是她这本书的内容。如果上部叶子"常常无叶柄"的话，她不会介意突然大声说出来的。对她而言，不可抗拒的愉快问题是"它们致命吗"。

"在现代，"埃加小姐写道，"投毒者对他周围的世界太无知了，以至于他变得只能从捕蝇纸上，或者毒鼠药里，或者通过伪造的处方单来获取原料加以提炼。而在早些时候，自己动手的投毒者倒是知识丰富得多了。毒芹，在古希腊是官方执行死刑时所用的植物，却在英国大量生长，几乎难以被辨认出来，而且谁会害怕白屈菜、金凤花、狗舌草还有五叶银莲花呢？其实他们应该害怕的。一位罗马皇帝也许会死于一盘蘑菇，其中并非无意地混入了有毒伞蕈。如今的城市居民只知道蘑菇是在地窖里种植的，而外形相同的毒伞蕈（恶臭鹅膏菌）在我们的英国树林里荒废了它们的气味。我们海盗时代的先辈们对蛤蟆蕈的毒性相当熟悉。如今，人们只知道在郊区的花园里用红头毒菌来假冒装饰花园的守护精灵。"

许多词目附加着历史笔记，记叙着众多投毒者以及他们的受害者，许多辱骂性形容词使文字变得生动，这就暴露了埃加小姐对她某些弱势同事的同情和看法只是谎言罢了。戴维回想起学校里有个男教师总是把贺拉斯看作"小无赖"。此类有趣的偏见并未影响到他的学术成就，正如埃加小姐的鄙视并未干扰她的判断一样。《有毒植物》是一本精彩纷呈的书。戴维闭上了眼睛，想要拼写一下 Strychnostoxifera（南美箭毒树）和 Chondodendrontomentosum（美洲管箭毒）这两个术语。但在几分钟之内，他就扛不住而睡着了。

# 五

那天晚上，戴维去看了一个现代戏剧的典范。走回酒店时，他感到自己就像一个领先于时代的人。是否有可能雅各布·韦勒——那位功成名就的雅各布·韦勒——居然不知道时间的报复，不知道时尚的更迭，更不知道吸毒会将思想磨损得薄如硬币？在十九世纪这个究竟是什么的社会里，公众曾为帕特里克·坎布尔太太及其"不太可能是血腥的"表演而洋溢着兴奋之情。可五十年后，许多守旧的老古董却走上证人席，宣誓声称《查特莱夫人的情人》是一部天才之作。戴维却认为那部书让人厌烦透顶，他一贯如此。于是，一阵风似的，本国所有那些三等作家都在见到这个信号之后，纷纷在他们的小说和剧本里充斥着粗言恶语。瞧吧！那只时间之鸟已经在飞翔了。

粗言恶语即使在它具有震撼力时仍然只是粗言恶语而已。"不太可能是血腥的"这种说法在当时却是一声雷击。然而，毫无疑问，在这个耻辱的年代里，四个字的庸俗下流词语，还有四个字的庸俗下流想法，都不再令人兴奋不已了。戴维时常猜想，复辟时期的风趣才智是如何被十八世纪的温情脉脉和维多利亚时期的过分拘谨所压垮的。现在他知道了。十年之前，戴维也许会对雅各布·韦勒表演的这个戏剧感到吃惊，此剧内容涉及贝斯沃特那地方一家旅馆里的男女性行为。可今夜，他对此厌烦到疲倦的程度了。事实是，韦勒先生作为当今最为开明的剧作家，却是守旧老派之人。谁来给他做个解释？当然不是那些评论家们，他们固守着他那些出了名的常规。韦勒先生是个天才。

顺便说说，原本"构思精巧的戏剧"却成了辱骂之词，这又是如何发生的？在构思糟糕的戏剧里，舞台上的大幕落下是由于已经演出了四十五分钟这个再好不过的理由。在剧情突变时第一个降下帷幕的人会安排下一个场景模式，他确实是处于领先一步的地位，戴维思忖着登上了盖恩斯伯勒酒店的台阶。

墨瑟小姐对他甜甜一笑。

"我又出去寻欢作乐了，墨瑟小姐。"戴维说道。但他内心立刻责备自己。那么多年的轻浮玩笑却挑选可怜的墨瑟小姐来发泄，难道他还没有感到才智损耗了吗？大概对墨瑟小姐最好还是让她高兴，而不该永远拿她来开玩笑吧？戴维自觉有点卑微，就回自己房间了，但并未上床。

# 伦敦
## ／星期天

一

戴维一直等到午夜十二点半。他关了灯，拉上了窗帘。他的房间在二楼，俯瞰着花园，窗外有个火警安全出口。附近的窗户里没有灯光了，街上的路灯光线被周围的房屋阻挡了。夜空呈铅灰色，一连几个星期都天气晴朗，除了星期一夜里的暴风雨之外，此刻乌云在沉重的苍穹下积聚起来了。对戴维的目的而言，此刻的天气条件完美无缺。

他打开了窗户，跨出去，踩在安全出口的铁梯上，蹑手蹑脚地下去，走进了花园。餐厅的窗帘后仍有灯光。他在梯子下暂停了一下，听了听周围的动静，无人走动。他穿过草地，到达了花园墙边的那一大片蜀葵丛后。

翻墙毫无困难。那堵墙只有五英尺高，在盖恩斯伯勒酒店这一侧有一个大花盆，还有一块不太规则的墙砖，它的一半突出了墙面。

戴维轻轻地落在另一边的茂密草地上随后，他站立不动，倾听着动静。从远处的房屋那里，他能听到深夜车辆行驶发出的轻微嘈杂声。他右边的什么地方，有一扇门被打开了，一个女人的声音在叫唤："普斯！普斯！普斯！你在这里，狡猾的家伙。进来吧，看看我给你准备的东西。来吧，乖。"门关上了。显然，普斯已经决定在哪卧下最好。戴维再听了一番，然后，他谨慎地走向后门，始终走在煤渣小径的路旁草坪上。

要不知不觉地钻进窗口极其不易，但他设法做到了。他用手电筒照了一下，发现自己在一个令人讨厌的陈旧厕所里。褐色的水箱已经生锈了，角落里积满了厚厚的蜘蛛网，温彻斯特牌坐便器里的水黝黑恶心。

戴维摸到门把手。把手转动了，但门没打开，门在里面锁上了。门的上方有两块玻璃嵌板，门锁上方的那块玻璃破裂了。戴维再次扭亮了手电筒，发现了他需要的东西。在角落里有几张旧报纸。他把报纸从门底下塞了出去，随后，他用手帕包着手电筒，用它使劲顶在玻璃裂缝上。几乎无声无息地，一大块三角形的玻璃掉在下面的报纸上。

他伸手穿过去，转动了门锁钥匙。

两分钟后，他站在了斯顿夫古籍书店里，从地下室通上来的楼梯前。他快速而悄然地爬到了一楼地面，闪了一下手电筒的光，看到了店门在他右侧，而另一个楼梯在他左侧。在楼梯的中间平台上，挂在象牙上的那个圆顶礼帽诱惑着他向前走。

二楼房间的两扇门都开着。他走进了右手边的房间，直接走向桌子，拉开了抽屉，亮了一下手电筒。那些信件仍然在。

戴维拿起那些信件，塞进了口袋里。

几乎同时，一个男子走到斯顿夫先生的书店前，挑了把钥匙，开门走了进去。

戴维在返回的路上走到了楼梯口，此刻他听到店里的脚步声，接着小办公室的内门打开了，一缕灯光射出，照到了楼梯底部。戴维退回到后室，站在敞开的门背后。随即，店里的灯关了，而楼梯的灯开了。

"这房子里已经没地方让人住了，"斯顿夫先生说过，"书、书、书，从地下室到阁楼里堆得到处都是。"或许他没说实话吧。或许这只是个不走运的夜晚，斯顿夫出于某种原因回来了——尽管在凌晨一点钟又显得不太可能。或许脚步声是某个窃贼同行的。但无论是谁，重要的是那脚步声正慢慢地上楼来了。对戴维来说，他的心跳声比脚步声还响呢。

脚步声到了楼梯平台，从门铰链撑开的缝隙里，戴维看到买人被他头顶上悬挂着的脏兮兮的灯泡照得通明。他就是那个身穿灰色衣服的男子，现在依然这么穿着。对戴维来说，仿佛他一直在期待着灰衣男子的出现。

"萨姆！"

楼上有个声音回应了："嘘！你终于来了。我下来。"

站在楼梯平台上的男子迟疑了一下。真是糟糕的时刻，然后他选择了书店楼上的那个房间，打开了灯。

楼梯上沉重的脚步声宣告着萨姆·斯顿夫的到来。他已脱下了外衣和领圈，穿着一件黄不溜秋的睡衣，他看上去就像一个邪恶的老乌龟。"你花了不少时间吧，我得这么说。"他在楼梯平台上说。

"那是明智的，"来访者说道，刻意保持着语气平静，"我想你确实费心读了布劳尔的信件了吧？"

"他在演讲时死了。"

"做得漂亮。你还听说了什么？"

"无论什么报纸上都有。你为什么不回来呢？"

"有个很好的理由，我没法在他演讲前见到他。所以，我还没拿到钱。所以，我只得在事后去取钱。明白了吗？"

"嗯，是吗？"

"就我的情况而言，萨姆，我必须夜里进去取。我猜想会在文档里，而我知道文档在哪里。很容易，我不必乱翻东西。哦，当我拿到钱的时候，我突然看到了那些信件。他这个家伙什么都保存，这些东西也许会永远留在那里，但如果布劳尔对什么人吐露了心里话，这些东西就会变得有意义了。"

"死人不能提起指控。"

"死人能指出通向某事的路，然后，你和你所有的威廉·巴特勒·叶芝还有拉迪·吉卜林的额外初版书会在哪里？"

斯顿夫先生思索着脱口叫了一声。

"对。但，实际上呢？"

"我认为没问题了。"

"那你为什么花了那么长时间？"

"在我看来这是必须的。你要明白，布劳尔死去的那一刻，我被人看到就在那附近。"

"你很聪明，我得说。"

"只是运气不好罢了。更早一点时我还有个更糟的坏运，有个大鼻子的老家伙看到我在午饭前去找布劳尔。"

"好吧。说下去，你后来去了哪里？"

"我断定回到这里太危险，所以我就开车去苏格兰过了四个晚上，并把那些信件都寄给你了。我看是有道理的。"

"想来是吧。"

"你的庆贺并不衷心，还有什么心事？"

"有点。昨天有个家伙来找我，问起过艺术品的事，如果你想知道的话。"

"是吗，现在呢？"

直到此刻，戴维才想起了他口袋里的那些信件。假如他将被抓住的话，他或许至少要做些努力把它们保存好。他脱下一只鞋，把信件塞了进去。这个举动无法骗过警察，但或许能骗过斯顿夫先生。

就在他这么做时，他错过了几句话。等他穿上鞋子时，就听到斯顿夫先生在说："对，我也是这么想的。我派他去干他的事，但他回来时什么事也没干成，查理。我不喜欢这样子。"

"长什么样？"

"年纪大点，大约七十岁吧；灰白头发，眼睛铮亮；中等身材，比较魁梧；嗓音浑厚。"

"嗓音浑厚，是吗？"

"怎么了？"

"在剑桥看到我的那个老家伙也嗓音浑厚。"

"说对了，你看，"萨姆·斯顿夫说道，"永远没个太平，永远干得不利索，总有什么事落下了。"

"你把那些信件放哪里了？"

戴维的心又开始怦怦乱跳了。

"在楼梯平台那头房间的抽屉里。"

"我已经看过十几遍了，但我还想再看看。"

那个叫查理的男子站起来，穿过了楼梯平台。他没开灯，平台上的灯光照得桌子很清楚。他穿过房间，拉开了抽屉。

"你说放在哪里？"

"抽屉里。"

"桌子抽屉里？"

"是啊。"

"哦，不在啊。"

"我今天上午亲自放进去的。"

"现在没有了。"

"见鬼……"

从门铰链撑开的缝隙里，戴维看到斯顿夫先生步履沉重地穿过了楼梯平台。

"看在上帝的分上！让我看看，好吗？"

他伸手在抽屉里乱翻一通。

"是那个混蛋，"他突然说道，"他今天上午来的时候，这些信件就放在桌子上。"

"放在桌子上！你真有头脑！"

"信件刚收到……"

"但……"

"闭嘴！我一看到就放在一边了。但他在房间里的时候，只有他一个人和这些信件，他很可能看到了。"

"假如他看到了，那就是他想要的东西，他会拿走的。"

"不可能，他才看到这些信件，我就进来了。"

"那又怎样？他离开前有机会拿走吗？"

"没有，除非……"

"说下去，你这老蠢货。除非什么？"

"哦，我让他自己下楼去，我就回自己的房间了。"

"关门了吗？"

"关了。"

"天哪！你这蠢货。他很可能偷偷回来，肯定是他干的。"

"当然不可能。"

"那它们上哪里去了？"

斯顿夫在桌子旁坐下来，在抽屉里又乱翻一气。"该死，一定放在什么地方了。"他说。查理在他对面坐了下来——就坐在十五个小时之前戴维坐过的地方。楼梯平台上的灯光完全照在萨姆·斯顿夫胖胖的脸上，查理的脸则在阴暗处。这两个人就像某部警匪片里一个姿势特别的静止镜头似的。

"这没什么意义，"斯顿夫先生说道，"它们不会让年轻的塞西尔感兴趣的。"

"它们会让伯恩感兴趣。"

"他不在伦敦。"

"你怎么知道的？"

"肯定不在。不管怎么说，伯恩还会在乎什么呢，他只要得到他的份额就行了。"

"你打算给他？"

萨姆·斯顿夫瞪着查理。

"当然了。"

"我不懂为什么你要说'当然了'。他只会听到布劳尔死了，他不会知道我拿到了钱，只要你不对他说就行了。"

萨姆·斯顿夫从抽屉里抽出了手，关上了抽屉，斜靠在桌子边。

"说到份额，查理，让我们看看那笔钱吧。"他说。

查理随身带着一只公文箱，现在他打开了公文箱。

"我为了拿到这笔钱冒了额外的险，萨姆，"他说道，"你明白的，是吗？"

"额外的冒险？什么额外的冒险？"斯顿夫先生问道，突然抬高声调，脸色通红。

"我会告诉你什么是额外的冒险，萨姆，"查理语调平静却颇有威胁意味，"偷一把钥匙，半夜里翻过那该死的带尖钉的围栏，进入一个房间，找到钱，把钥匙放回去，再翻过那可恶的围栏。我们没有对所有这些冒险谈过条件，是吗？"

斯顿夫先生没有回答，但他眯起了眼睛，抿紧了他松弛的嘴唇。

"我本来应该做的，"查理继续说道，"就是友好地拜访教授，然后收钱。要不是我做的一切，你和伯恩连一个子儿都得不到。为此，我不会只拿百分之十了，老朋友。我要拿百分之二十五。"

"但是，查理……"

"现在我们别争了，萨姆，不然你又要大发脾气了。我就拿百分之二十五——两百五十吧。"

查理从公文包里取出钞票，开始数钱。与此同时，戴维想起了至关重要的事。假如他仍然躲在这个地方，逃离的希望渺茫。但这两个人快要争吵了，他们都坐了下来。他们离门口有五步路，而他就在门背后。要么现在就走，否则就走不了了。

突然，他穿过了灯光亮处。

"搞什么鬼……"查理开始了，在椅子里转动了一下。

"真该死！"萨姆·斯顿夫骂道。

但没等他们两个站起身来，戴维已经冲到了楼梯平台上，砰的一声拉上了门。

这招奏效了。那个年轻人在星期六上午那么细心地摆弄好的门把手，和与之连接的金属棒被戴维的手一拉就不翼而飞了。而在门的背面，门把手掉在地上了。愤怒的叫骂声伴随着戴维下了楼梯。他并未感到丝毫的焦虑不安。非常明显，在他们把门踢飞之前，他早就溜之大吉了。当然，他不再是从厕所窗户爬出去，再翻过花园的墙了，而是从书店前门以体面舒适的方式走了出去。

在书店门口，他暂停了一下，深深地吸了口气。外面下了几滴雨，天气更为凉爽了，他的衬衫被汗水湿透了。他竖起衣领，疾步走进了夜幕。

五分钟之后，他在牛津街叫了一辆出租车，要司机去警察局。

## 二

敬启者，

　　鄙人忽然想起，阁下乃玻璃制品和瓷器的热心收藏者，也许会有兴趣购买六件邮人新近获得的沃特福德玻璃杯。依邮人愚见，这批玻璃杯会令收藏品鉴赏家们大感兴趣。此六件玻璃杯专为利斯莫尔餐饮俱乐部的六位成员定制，每一件都铭刻着一个狐狸脸和会员个人姓氏首字母。邮人将非常乐意指派专人携此六件玻璃杯至剑桥大学面呈阁下检视。

谨愿邮人能非常高兴地得到阁下的回复。

您忠诚的，

塞缪尔·斯顿夫

出租车的车程不长，这些信件也是如此。戴维借着街上路灯看信，虽然行车摇晃，但他仍在看信。

敬启者，

本人怀疑，本人对您玻璃杯的兴趣是否足以值得您专程送来检视。您并未说明价格，而本人亦无力支付高价，也许此乃玻璃杯的索价。

您忠实的，

保罗·布劳尔

亲爱的布劳尔博士,

　　收到回信鄙人甚感遗憾,因鄙人感到阁下真的应该给自己一个机会看看这些玻璃杯。凑巧的是,鄙人的代表要在下个星期三去剑桥。阁下可否仔细看看这些玻璃杯? 鄙人将会乐意听到阁下的意见。

您忠诚的,

塞缪尔·斯顿夫

敬启者,

　　如您的特使在下星期三下午三点前来,本人可给其几分钟时间。但请其务必准时。

您忠实的,

保罗·布劳尔

敬启者,

　　本人已检视您送来的玻璃杯,但遗憾的是,本人无法相信此系真品。依本人愚见,您所报价 1000 英镑过于高昂,即使对于真品而言,也是如此。本人既不确定,也无意购买。请您指派专人取回玻璃杯。

保罗·布劳尔

"这就怪了，"戴维暗自说道，"他既然知道并非真品，为什么要保留它们呢？"

亲爱的布劳尔博士，

得知阁下认为这些玻璃杯并非真品，鄙人很苦恼。但这与伯恩博士的意见相悖，他也检视过玻璃杯。顺便说一句，伯恩博士是二战中阁下在集中营时的医疗同事。我毫不怀疑阁下记得此人，他也仍清楚地记得阁下。

戴维的手指"啪"的一声打了个响指。当然！伯恩……伯恩……那正是布劳尔悲伤的涂鸦中心里的名字之一。他几乎敢肯定是那第三个医生，最后一个知道布劳尔秘密的人。毫无疑问，这种方式是什么意思？敲诈勒索。

戴维继续看信。

如果两个老朋友居然有意见分歧，那太不幸了。如阁下要求，我将指派专人去剑桥，但伯恩博士和鄙人非常希望阁下能重新考虑对这批玻璃杯的看法和决定。

您忠诚的，

塞缪尔·斯顿夫

只剩下一封信了，这封信回答了戴维的疑问，"为什么他要保留它们呢"。信的日期是研讨会这周的周三，布劳尔死亡之前的五天。

敬启者，

经会晤您的特使，本人决定购买您送来检视的玻璃杯。本人理解您不希望以支票支付。如您的特使下星期来访，本人将支付现金，但需要收据。

您忠实的，

保罗·布劳尔

在那个夹信件的小夹子里当然没有收据。一片玫瑰花瓣即是查理留下的所有收据了。

# 三

警察局的一个男人看着戴维觉得有点可笑。

"先生，如我理解的是，您实际上闯入了萨姆·斯顿夫的场所，犯了入室盗窃罪。"

"确实如此，"戴维和蔼地说道，"但另一方面，我根本不认为斯顿夫先生会对我做出任何指控，而我正在向您提供三条重要的信息：第一，查理此人偷了1000英镑，这本该属于我，因为我是布劳尔博士的遗嘱执行人。"

"您的确提到过1000英镑是其同意为某些古董，或是未经证实的古董，所支付的款项。"

"我说过，但这笔钱并未支付，是查理自己动手偷的。作为执行人，我并未建议支付。"

"在查理数钱时，您亲眼看到了这笔钱吗？"

"没有，我当时藏身在门背后。"

"您有任何证据可以证明，这1000英镑事实上是来自布劳尔的房间吗？"

"我听到查理说是的。"

"也许您听到了，但凭您自己的了解，您能说出钱在哪里吗？"

"不，我不能。"

"那么，您就难以证明钱是被偷窃的。但这对我们并不算难事，戴维博士，您得与霍奇斯高级督察联系。"

"这些事远比我们想象的复杂。"

督察笑了笑。

"总是这样的，先生。"

戴维又开口说了。

"第二……我要告诉您，斯顿夫是某桩伪造案的核心人物。"

"那很有可能。但我们不能依据听闻行事吧，必须要有证据。"

"当然，那些玻璃杯不就是证据吗？"

"并不确定布劳尔博士同意买下它们。人总会犯错，对某个东西的出处有争议。比如，专家们总是对画作的真伪争论不休。就算真有伪造活动，必须当场抓获斯顿夫才行。"

"但是，您或许会有兴趣睁大眼睛，仔细观察吧。"戴维说，他的热情减弱了一些。

"我们会的，先生。"

"如果您不在意开头的两条信息，那您必须得注意第三条。在布劳尔博士遇害之际，这个叫查理的男子就在圣尼古拉斯学院的大厅附近，他被不止一个人看见了。而我知道，他认识布劳尔。就在那个星期一上午，他去找布劳尔了。他至今仍未因谋杀嫌疑而遭到通缉，而我们还在寻找凶手，明明他当时就在现场，一定得抓住他。从表面上看，您会认为，充其量只是他用伪造的赝品敲诈某人1000英镑。可能是这样，但也可能不是。如果不是，那就是为了1000英镑杀了人，您看得出他早有预谋，只是在等待时机。"

"当然，我们会对此事尽力而为，先生。我将立即与霍奇斯高级督察联系，不过您可以放心，在您离开后不消几分钟那两个人就把门踢开了。萨姆·斯顿夫会待在他的店里，他极其愤愤不平，并大声咒骂有人入室盗窃，这也难怪。另一方面，查理逃之夭夭了。"

电话铃响了。

"查理已经逃走了，"督察说着，递给戴维一个大大的相册，"先生，现在您能做的，就是看看这本相册，能不能在这里找到他的照片。您先找，我去给您倒杯咖啡来。"

"我更喜欢喝茶，如果您这里有的话。"戴维说道。

戴维翻阅了二十分钟。长相粗暴的脸、张狂无耻的脸、温和文雅的脸、神秘莫测的脸、值得信赖的脸、懦弱无能的脸、排斥他人的脸、世故圆滑的脸、愁眉不展的脸、面带微笑的脸。但是，里面没有查理的脸。

"您看，戴维博士，看似简单，其实不然。我们会尽力在火车站和机场寻找您描述的这个男子。不过，我们不知道他的汽车牌号，他现在很可能已经安全地躲到谁也找不到的地方去了。"

"比如说鲍尔池塘路，"戴维说着，思索起他认为最有可能的去处，"但他可不想让人们以为他就是凶手。他要是逃跑了，那就太傻了。"

"对，但如果他不是凶手，他就不会认为自己是逃跑。他会坐等拿他的 250 英镑，也就是他为斯顿夫先生干这事的合理佣金。"

"他犯了入室盗窃罪。"

"是的，但他不太可能会和您看问题的角度一致，戴维博士。"

# 四

戴维翻了个身，看了看手表，恰是正午。他直到凌晨三点三十分才回到盖恩斯伯勒酒店，无论睡多长时间，只要是午夜之后才上床，他总是变得脑袋迟钝。他现在觉得自己就像那些广告里的高贵人物一样，宿醉之后的需求都由一个满脸微笑、富有远见的管家来打理了。管家确实知道戴维的需求是什么，于是就照办了。五分钟之后，杰克端着一个长长的杯子，里面是酸橙汁和冰块。

"据我所知，这应该是表示达到目的了。"戴维说。杰克似乎被他逗乐了，他毫不怀疑戴维博士纵情放荡了一夜。

"哎呀，我们编织了一张多么纠缠不清的网啊。"戴维咕哝着，啜饮了一口。他原本没有告诉霍奇斯有关斯顿夫的事，而现在他必须得说了，已经没关系了。之前的深思熟虑，让他感到担忧。他也没告诉

206

霍奇斯有关帕维克的事。他在警察局时也没告诉那个督察有关伯恩的事。布劳尔当时被敲诈勒索，戴维那时考虑到他自己的责任是保护布劳尔的名声，只要他看不出敲诈与谋杀之间有什么关系就行。但如果最终结果证明敲诈之事是整个案情的关键点，那他的运气可太糟了。

查理去剑桥究竟是为了取 1000 英镑，还是先谋杀再取那 1000 英镑呢？那个男子就在那里，在恰当的时间出现在恰当的地点。戴维必须得告诉警方。从他们的角度来看，那个男子难免成为头号怀疑对象。但从戴维的角度来看，查理清白无辜。如果某人有个很合适的敲诈对象，那他必定不会去谋杀那个对象，不是吗？此外，查理有可能使用箭毒发射器吗？警方还没有抓到查理。当他们抓到他的时候，戴维也许会坦白。眼下，他想还是保持缄默为妥。

戴维擦掉了浴室里镜子上的水汽，开始刮胡子。

他沉思着，一切还真取决于蒂布斯太太。在那个距离，很容易看错人的。此外，过了两天她才提起此事，也可能是她记错了。她说那个男人经过拱门逃进了第一公寓庭院。假定她说错了，假定（正如他原本想象的）那个男人是通过另一个拱门逃跑、奔向大厅楼梯的，在那种情况下，他倒可以溜进大厅的后部，隐藏在人群里了。但他还会冒最小的风险遇到戴维或者容格，因为他们那时正在下楼。可他没遇到他们。或者，他可能逃往回廊，再进入第一公寓庭院。而就在那里，就在那时，容格和凯瑟琳见到了查理。所以，如果蒂布斯太太说错了，那么查理无疑就是嫌疑人了。

但是，如果蒂布斯太太没说错，如果那个男人通过拱门进入第一公寓庭院，那么，很明显，那个男人就不可能是查理了。查理不可能同时穿过两个不同的拱门。

但是，在这个紧要关头上，蒂布斯太太亲眼看到经过拱门逃过去的那个男子发生了什么事？为什么凯瑟琳没有见到他？为什么容格也没见到他？

现在还有克拉斯纳——克拉斯纳做的事，恰恰是戴维想象中一个凶手可能会干的事。他很晚才走进大厅——在布劳尔倒下后的两分半钟内——这段时间足够他跳下脚手架，奔上大厅楼梯了。这事一直看起来像是这次谋杀是在无人看到的情况下实施的，而克拉斯纳实际上就是这么干的。他在楼梯上没遇到其他人，也没人注意到他进入大厅。马登小姐手提包的故事不可信，也无法被证实。克拉斯纳是津提的朋友，克拉斯纳有某个备用计划，那为什么克拉斯纳不该是问题的答案呢？因为蒂布斯太太不会这么说。她看到男人冲进了第一公寓庭院，除非是他干的，然后折回来再走回廊拱门，抵达大厅，否则那个男人就不可能是克拉斯纳了。此外，这个行动就会显得不自然，时间也不够。

戴维的推理还有另外一种解释。如果那个男人跳下脚手架的时间稍稍晚于戴维计算的，那么，凯瑟琳和容格也许已经走上大厅楼梯了。在此情况下，那个家伙当然就可能恰好走出学院了。查理不会注意到他，而江普也不在那里。

戴维反反复复仔细思索了这个顺序十几遍。他无法再进一步缩小范围了。此时，他刚好了胡子，浴缸水满了。镜子上又蒙上了一层水汽。戴维在镜子上画了一张脸，脸向左看，他的脸总是向左看的。他认为，一个分析员必定会对此找出某种不祥的原因。

他用脚趾试了试水温，随后舒服地躺进了浴缸。

在此之后的两分钟里，戴维的心思集中到了洗浴的艺术上去了。可就在他懒洋洋地倚靠在浴缸水深一点的地方时，他的思绪又回来了。麻烦的是，这个疑案有着两面性。不是一个凶手，而是两个。不是一侧对着大厅讲坛，而是两个侧面。那个在凸窗的人影吸引了他的注意。他也一直忘记了原本的问题，那个出现在公共休息室门口的人。

可能是任何人。他可能是来自希腊东部塞莫皮莱的修道院名誉院长，此人正因某种原因逗留在三一学院；他也可能是某个不知名的坏蛋。只有一件事可以确定：布劳尔似乎认识那个人。

那个下午是谁在大厅周围却又没进入大厅呢？哦……江普在布劳尔倒下后突然出现了——之前好像没人注意到他；还有奇怪地混在一起的那两个人，巴格斯和莫斯廷·汉弗莱斯——他们没在大厅听演讲；

还有就是查理——如果他不像是那个在凸窗的人，那么他可能是那个躲在屏风背后的人。除非，他早就走了，他所要做的只是走出去而已。

或者，可能是克拉斯纳。他能轻易地从公共休息室走到大厅后部，只需两分半钟。无疑，在那些人里，只有那人是克拉斯纳时，事情才显得合情合理。

戴维爬出了浴缸，感觉好多了。

"如果必须得把一切按时间顺序厘清，无论多么荒诞，"他对自己说，"那么，还得加上凯瑟琳。她没去听演讲，她有可能躲在屏风后，然后在三分钟后回到办公室。我不相信，但如他们所说的，有记录。"

随后，他在镜子上画了一颗心，心上有一支箭穿过。他挂好浴巾，走出了浴室，时间是一点半，他现在非常想吃午餐。


# 五

在博物馆的画廊里，许许多多的人意外相逢，或者有意为之。在V&A博物馆的馆藏珍品"威尔镇的大床"前，沃洛夫上校遇见了埃加小姐。

"你好，"埃加小姐说，"比起其他地方，这可是个见面的好地方。这大床真是宏伟壮观，是吗？"

"这个'威尔镇的大床'，"沃洛夫上校说道，"我听说过这件了不起的家具杰作。"

"我常常思索这床该怎么使用啊，"埃加小姐说，"我的意思是，谁睡哪个地方？这看起来就像是来自某个早被遗忘的时代的奇异遗迹，但我知道在日本有某种类似的风俗盛行。在东京，一家人会睡在一个房间里，父亲、母亲、儿子、女儿，还有女婿，全都睡在一个大床上。你难以想象，这种情形会增进愉快的亲密感。但是，他们显然是这么做的。在日本，出生率非常高。"

"那种想象……"沃洛夫上校开口说。

"令人惊恐，"埃加小姐说道，"这种事非同寻常，但那个动词只受一个名词的支配。那种想象令人惊恐，没有其他的东西会如此。"

"我必须得记住这一点了，要花费数年才能掌握语言的微妙之处。那种想象令人惊恐。嗯，确实如此，对吗？"沃洛夫上校说着，又以品评的目光看了看"威尔镇的大床"。

"我料想你已经被警方讯问过剑桥的事了。"埃加小姐说。

"是的。他们肯定任务艰巨，要去追踪所有被怀疑的人，审查他们的说法。有几个参会者在知道会有麻烦问题之前可能就出国了。邦迪尼和我星期一住在剑桥的同一个旅馆里。我知道，他星期二就飞回罗马了。我觉得，伯金海默教授已经在去澳大利亚的路上了。"

埃加小姐瞥了一眼长廊，稍有会意的样子。这里已经没有其他人了，除了两个年轻男子之外，他们正在细看邻近的展柜里那几个镀银杯子和盐碟。

"我忽然想到，"她阴郁地说道，"既然他们那么急于讯问两百个人，那说明他们没有任何明确的理由去怀疑某个人。你说呢？"

"我同意。他们不知道。"

"此外，为什么必定是参会代表中的某个人？有人很可能利用这个机会来实施谋杀。"

"确实如此。"

"我不喜欢布劳尔博士，我承认，但我确实喜欢简·班伯丽。这么温柔的人怎么也会被牵涉进这个卑鄙无耻的案子里？太令人困惑了。"

"我只了解报纸上说的情况。"沃洛夫上校说道。

"我猜测，"埃加小姐说道，"也许，班伯丽小姐知道得太多了。她大概看到了不该看到的事。你还记得，她去救助布劳尔博士，扶起他的头部靠在她的膝上。她或许发现了是什么东西杀了他。如果真是这样，那么这就能解释她的身亡了。"

那两个年轻人已经观赏完了镀银杯子，现在阅读着有关"威尔镇的大床"的说明。埃加小姐稍稍让开了，并降低了她的声音。

"我来告诉你一件事，沃洛夫上校，一件非常奇怪的事。就在布劳尔博士倒下之前，他猛地朝左边看了看，好像是他对屏风背后的什么东西，或者站在那背后的什么人感到恼怒。你在大厅后面不一定能注意到，当时你在大厅后面，对吗？但在前排，我们都注意到了。当然，无论他看到了什么，我们都看不到，我们只是随着他的目光，看向同一个方向。这是一个很自然的反应。我在想，这是不是我们应该做出的反应呢？"

埃加小姐看着她的同伴，而沃洛夫上校也看着她，但他什么也没说。埃加小姐继续说着。

"嗯，假定班伯丽小姐出于某种原因，成了个例外。她或许看到了别人都没看到的什么事。当然，如果她真的看到了什么的话，就这么离开去了伦敦，什么都没说，我也觉得很奇怪。我认为她可能看到了什么事但又不明白其中的意义，可能就是这样，但杀手们不会冒险去碰运气的。"

"对，杀手们不会，"沃洛夫上校说道，"顺便说一句，楼下有个茶室，我觉得去那里更好点。"

"好主意，"埃加小姐说道，"作为英国女性，我早该想到的。"

于是，埃加小姐和沃洛夫上校下了楼，右拐，穿过底层长廊，走过那些雕像和神职人员的斗篷式长袍，以及天使、圣母还有祭坛装饰品，去了尽头那个外表丑陋的大茶室。

那两个年轻人站在"威尔镇的大床"旁，看着他们离去。

"你都听到了吗？"莫斯廷·汉弗莱斯问道。

"大部分吧。"巴格斯说。

"这两人参加了研讨会，老戴维会有兴趣的。我在想，你觉得那个男的是在套她的话吗？"

"不，她就是那种悍妇类型的人。他无法让她住嘴，等她说完了，那家伙会希望再也不要碰到她了。"

"某种程度上，我的朋友，你感觉敏锐，值得尊敬，你的观察是对的，"莫斯廷·汉弗莱斯说道，"但你是怎么知道他们是碰巧相遇的？也许他们是约好了见面的，博物馆是出了名的约会地点。大家都知道，俄国革命就是在大英博物馆的阅览室里策划的。据我所知，埃尔金大理石雕刻艺术品前是情侣们频繁约会的地点。所以他们把墙上的展品放得那么高，防止人们乱涂乱写什么'埃德和雪莉到此一游'或乱画'埃德和雪莉的理想'之类的东西。"

"如果你和那个女人一起好好聊聊，"巴格斯说道，"看看谁会赢得她的芳心倒是很有趣。"

"我珍贵的老朋友在骂我！"莫斯廷·汉弗莱斯说道，"我很受伤。"

"好吧，"巴格斯说道，"也许在遥远的未来会有改进的。来，下楼吧。"

"等一会儿，我进一下这个方便的小门，"莫斯廷·汉弗莱斯说，"你下楼去吧。乘着歌声的翅膀，我将随汝而去。"

# 六

位于伦敦北部马斯韦尔希尔区某户人家的会客室里，维斯顿小姐递给兰布尔小姐一块蛋糕。

"本小姐玉手亲制。"她说。

"这样的话，我得来一小块尝尝了。不过这可是一大块了，马肴……"

"半块怎么样？"

"我不该过于担心，"兰布尔小姐急忙说道，"我确信，如果是你制作的，我会狼吞虎咽的。只是我真的不能。"

"我知道你会再来一杯茶的，"维斯顿小姐说道，"那么你得告诉我那件事了。"

"那个案子是这样的，"兰布尔小姐说道，"我离开展馆二十分钟。我很高兴地说，那个下午非常忙碌，但我不在的时候，考特尼太太和她的孩子们还在，那里只有一个参观者，是个男的。实际上，考特尼太太也离开了几分钟，孩子们出于某种原因有点害怕，我肯定如此，不过不知道为什么，他们通常是最无所顾忌的孩子。这样，就剩下那个男的一人待在展馆里了。这个恶棍很快就离开了，偷走了我最小的那支吹射管展品。至少我们只能这么推想。过了二十分钟我才发现这事，但我肯定在我离开之前展柜没有被破坏。"

"多么意想不到的结果！"维斯顿小姐说道。她在遣词造句方面不输兰布尔小姐。

"四天之后，这个吹射管在圣尼古拉斯学院附近一家公司的沙箱里被发现了。我立刻做了一个显而易见的推断，我说：'不必再进一步寻找刺杀布劳尔博士的凶器了。'但他们不听我的，马奇……那么他们现在的进展又怎样呢？"

维斯顿小姐根本想不出什么，但她露出很好笑的神色，仿佛她有什么想法似的举起了两手。

"确实如此，"兰布尔小姐说道，"他们遭受挫折了。"

随后，她俯身靠近茶桌，放低了声音加了一句："我觉得有点奇怪，那天来参观的人里，有个男的承认了他其实对这些武器很熟悉。"

考特尼博士和考特尼太太也在伦敦。院长那天在他的俱乐部里，而考特尼太太去伦敦西北部的汉普斯特地区看望一个老朋友，然后很高兴地回到了旅馆。

"恐怕可怜的琼健康状况并不理想。"考特尼太太说着，舒适地坐进了护手椅里。

院长说："那通常是抑郁症的征兆。"

考特尼太太看上去有点失望。"这只是一种肤浅的意见，克莱夫，你应该知道的。对待健康不佳的唯一办法就是享受这种健康状况。如果你不这么做的话，健康状况会变得更糟。"

考特尼博士大笑起来："我又挨批评了。你倒是会在中世纪的辩论赛里成为一个杰出的辩手，阿德拉。"

"谢谢，我倒很欣赏这个说法。最近有什么消息吗？"

"如果你指的是来自警方的消息，没有，什么都没有。"

"我坐公交车回来，一路上一直在想着那个演讲。"

"我们打算做这件事很久了。那么，你想到了什么特别的事呢？"

"有关布劳尔博士倒下后一些人上了讲台的事。为什么会有那么多的人在那里？他们从哪来的？要是有个电影记录那几分钟里发生的事倒是很有趣……我的意思是，就能看到那些人是怎么到那里旳了。"

"假如有个电影记录大厅外面的情况，那就会更有趣了。"

"我不太肯定，"考特尼太太说道，"但我们就会看到某个人逃跑了。可在大厅里……我想会有许多有趣的事要考虑，不光是他们从哪里冒出来的，还有他们脸上的表情。"

"在美国的银行里，"院长说道，"如果发生抢劫的话，他们会看监控录像。"

"正是如此。这次太让人失望了，似乎没人能有进展。"

戴维博士不会同意的。他觉得自己已经有了进展，因此，他继续着他的娱乐享受是完全正当的。他早就想听听某个流行乐队演奏的音乐了。于是，尽管对自己的服饰是否适合这种场合稍有疑问，他还是偷偷去了奥林匹克怀旧餐厅看了杰克·拉斯（原名塞西尔·思腾奇）和"七宗罪"的表演。

"今晚您去哪里了？"戴维三小时后回到盖恩斯伯勒酒店时，墨瑟小姐问道。

"我去看了……"戴维说道，"《最后审判日的喇叭声》的彩排。我目睹了人们不可抑制的泪水，听到了极度痛苦和孤独凄凉之人的呼唤。我的手被一个柔弱的女子握着，她希望能得到某个强壮男士的支持。我还……"

"哎呀！戴维博士，"墨瑟小姐说着，面带微笑，这微笑里有着温情和理解，"我知道您去哪里了。您去听了杰克·拉斯，是不是特别棒？"

连续两夜，上楼时，戴维觉得自己长久以来一直在估量着墨瑟小姐的为人品行。

# 意大利的伊斯基亚

一

　　有时候，戴维会想自己能否完全置身事外。布劳尔一案的侦破根本与他无关，他却给予霍奇斯他所能提供的一切帮助。那个查理阻碍了他的调查进展，而他和江普是唯一有望辨认查理的人。因此，如果最终发现了查理，戴维应该在霍奇斯身旁，这点非常重要。

　　星期一，北威尔斯的里尔，有个度假者受到了警方的讯问；星期二森德市的一个银行职员也受到了讯问；星期三上午一个浸礼会牧师在威尔斯南部的斯温西被警方追问得窘住了，但星期三下午，真正的查理本人在达尔斯顿被人看见从一家电影院出来。("就是他！"戴维说，

"我就说过他会去鲍尔池塘路的。") 当天晚上，戴维就从一个嫌疑人辨认队列里把他辨认出来了。星期四，查理几个小时都在"协助警方调查"。星期五，戴维被告知如要出去度假尽可请便，于是，他就在这里了，意大利的福利奥，在一个别墅里，和凯瑟琳及杰弗里·威洛一起舒适地安顿下来了。

然而，警方并没有对查理被捕一事感到轻松，因为显而易见，还没有指控他的证据。他去过剑桥，因为他与布劳尔约好了。他在大厅的后面，听到了布劳尔的死讯，然后就立刻离开了大厅，出了学院。他没有回到伦敦，而是直接驱车去苏格兰。他没有在任何地方过夜，因为他喜欢开夜车。唯一的疑点是，他似乎并未走得非常远。如果他是下午五点钟离开剑桥的话，那么，为什么直到第二天午饭时才到达巴纳德堡呢？看起来，查理整个上午都在约克城里游览了。他对这些都对答如流。再者，正如警方已经指出的那样，除了传闻之外，没有证据能证明查理进入了布劳尔的房间，偷了 1000 英镑，所以，查理对此自然矢口否认。戴维对整件事感到有点沮丧。无论别人怎么看，他相信自己的冒险价值巨大。这让他能指认查理，而查理星期一下午确切的位置又使他能在案件发生时有明确的不在场证明。查理曾见到凯瑟琳和容格，凯瑟琳和容格也见过他，这是毫无疑问的。他们都没有见到其他人。

戴维反反复复地研究了这个案子的过程，按时间顺序如下。

先把布劳尔倒下的时间点设定为 X。考虑到当时的混乱，考虑到容格和威洛说了几句必要的话，那么，容格大概在 X+3 分钟后离开了大厅。他会在 X+3.5 分钟时到达办公室。在 X+4.5 分钟时容格和凯瑟琳离开办公室。

查理一听到院长宣布的死讯就离开了大厅。假如那是 X+4 分钟，他就会在 X+4.5 分钟时到达回廊拱门进入第一公寓庭院。穿过庭院时他遇到了凯瑟琳和容格，他们也看到了他。

戴维等着听院长宣布死讯，不过他比查理走的距离更长，他就会在 X+4.75 分钟到达大厅楼梯的底部。在那里，他遇见了凯瑟琳和容格。

在布劳尔倒下和容格离开大厅之间有三分钟，在此期间任何人都可以进入大厅。克拉斯纳确实是在容格离开之前半分钟进入了大厅，但没人注意到这个事实，除了马登小姐。

在容格和查理离开大厅之间还有另外整整一分钟——在这一分钟里，凶手很可能奔上楼梯而不会遇见任何人。假如他走进大厅，没人会注意他。在查理离开大厅和戴维从石砌楼座走下来之间还有一个短暂的时间间隙，但这些时机都被蒂布斯太太的说法驳倒了。蒂布斯太太十分肯定那个人没有走那条路，那人奔进了第一公寓庭院。

现在对戴维来说，凶手行走速度比戴维估计的要慢一些，这个说法似乎是个非常无力的解释。假如下楼梯和换衣服要花上四分半钟，那么凯瑟琳和容格就会错过见到他的机会。这是个最为容易的答案，但还是一如既往地被蒂布斯太太的反驳击倒了。"他很快就从工棚里出来了，从拱门走了。"她这么说过，而蒂布斯太太说得很自然，并无任何破绽。

剩下另一个可能，戴维之前没有发现。假设凶手迅速逃离，那就是蒂布斯太太说的那样，那人也许经过研讨会办公室时没有被凯瑟琳注意到，他暂时藏身在邻近的一个楼，C 号楼，那是容格和沃洛夫居住的底楼。查理在那里被人看见之前，是能跑到的。唯一能驳倒这种说法的是，凯瑟琳不太可能看不到有人从窗户前飞奔而过。

除非……当然要有个合情合理的解释，解释为什么凯瑟琳会没看到什么人过去。但是，这种说法连他自己也无法相信。一个专业的调查者不会受制于自己的喜好和情感。但戴维不是专业人士，所以他就受制于这两者了。他拒绝了这个可能的解释。

于是，每种解释都有某种错误，这就意味着，某种错误已经以某种方式，在其中被当成了真相。这可能并非有意为之，但是在故事中的某处存在着一个谎言。戴维希望不是凯瑟琳说的。

戴维在重构他的想法时，每次想到这一点，就会停下思考。无论思考到了何种程度，他都会去意大利福利奥的大街上闲逛。马里奥酒吧成了最终目标。

二

戴维走进了一家小商店买书写纸。上了年纪的店主站了起来，满面笑容，他会说英语。"我这里有非常好的纸张，"他说道，"黑色的。"但是随即，看到戴维阴郁的眼里有些惊讶，他就尴尬地加了一句："我是说白色的。"

这就是福利奥的魅力所在，居民们有很长的路要走。那里的观光者不多，因为没有足够的住宿条件；尽管市民们尽其所能，不过由于项目急于求成，开发工作组织得并不得当。价格合理，即使有误解也令人愉快。英俊的年轻人开着颠簸不已的汽车在石子路上行驶，偶尔会停车和他们的叔叔伯伯聊上几句，或者让他们的母亲搭一程，这让乘客们深感吃惊。柏油碎石路铺到了海滩边，九重葛植物在墙面上垂挂下来，道路两旁夹竹桃成行。而马里奥酒吧倒是个不错的娱乐之处。

马里奥酒吧就是人们收取信件的地方。戴维取走了自己的信，在店外一个角落的桌子旁坐下，享受着夹竹桃的一片树荫。他把六封其貌不扬的信放在一边，打开了第七封信。"《匈牙利的恐怖时期》的作者是埃里希·科苏特，"戈弗雷·肯宁顿写道，"我对他一无所知。"你当然不知道，亲爱的老傻瓜肯宁顿，戴维心想。我敢说，其他人也不知道。原先这本书作者匿名，现在很可能又使用了假名。好吧……届时它会冒出来的。

马里奥这个店外面的这一小块空地占据了一点公共通道。在空地的另一处坐了八个男子，年龄不同，均衣着优雅，引人注目地受着阳光的照耀。他们不断地相互打趣，开着无伤大雅的玩笑。由于他们距离戴维仅几英尺，戴维能听清他们说的全部内容。这让他想起了约翰逊博士高亢响亮的指责。"教士们的这种嬉笑，简直就是巨大的亵渎冒犯。"戴维猜测道，对这几位轻浮绅士的闲聊，博士又会说些什么呢？他们的聊天机智敏锐，不无愉悦，但他们的聊天有个专注的倾向，都围绕着同一个话题。他还可以想象鲍斯威尔如何编造某个沉闷乏味的问题。

鲍斯威尔：约翰逊博士，这些绅士的谈话不带感情吗？
约翰逊：先生，轻佻女子们的谈话毫无意义。这种谈话令人疲乏，一如其滔滔不绝。

但是，在鲍斯威尔的某个休息日里——他激怒了他的庇护人，他问庇护人为什么梨子和苹果的形状不同——博士也许会就此提出相反的意见。

鲍斯威尔：难道这些绅士的谈话无关情感吗，约翰逊博士？

约翰逊：先生，他们的谈话不是对你说的。就算你无法理解其要点，我也可以向你保证，他们毫不在意。


总而言之，戴维觉得他的邻座很有趣。此外，他自己也有点花花公子的样子。他赞赏阳光晒痕，欣赏雅致的服装。

杰弗里和凯瑟琳·威洛走进了狭窄的小空地。

"猜猜。"凯瑟琳说道。

"猜不出，"戴维说，"告诉我吧。"

"猜猜是谁。"威洛说。

"谁？……这倒容易，容格博士。"

"是先见之明，还是神的启示？"凯瑟琳问。

"都不是，我听说他要来这里。所以，我在期待他来呢。"

"他住在伊斯基亚波尔图旅馆，但他来此是因为他喜欢沙滩。他是个强健的泳者，能游几英里呢。我们发现他在沙滩上晒太阳呢，他很不错。"

"是的，我记得。我喜欢他。"

"我们已经邀请他共进午餐了。"威洛说。

"我先回去了，"凯瑟琳说，"半小时后见。"

"好。"

杰弗里·威洛和戴维一起坐着，面前放着一瓶金巴利酒。

"容格也在这里，真有趣。"

"比不上我在这里有趣，"戴维说道，"我不会游泳，我也没打算去爬火山。我只是在思考，其实我可以去那个意为'思考终结'的庞德思恩德那地方这么做的。"

"我对此严重怀疑。你在想什么呢？"

"当然是布劳尔的事，我心里翻来覆去地想着这件事。我已经了解了许多，或者说看起来是了解了许多。但如果布劳尔是被躲在凸窗外的那个人刺杀的，就是蒂布斯太太看到的那个人，那么，他又是如何脱身逃跑而不被看见的？这是个大问题，极其令人困惑。蒂布斯太太看到他跳下脚手架，从拱门奔进第一公寓庭院。可是，凯瑟琳没看到他进第一公寓庭院，虽然研讨会办公室就在拱门旁边。"

"如果她在工作，她就不会一直朝窗外看了，"威洛说，"或许正巧看着另一个方向。"

"没错。更奇怪的是容格离开大厅时，也没有看到他。容格可能也就错过了那人几秒钟而已，就算他在拱门附近错过了那人，我们依然可以说他很可能看到那人在前面跑远的背影，经过院长宅邸，或者在长步道上跑了一段路，然而没有。容格和凯瑟琳唯一看到的是个身穿灰色衣服的男人，而此人是从回廊拱门出来的，他不该出现在那个地方的。当然，如果江普待在他应该在的地方，也就是在守门人管理室里的话，他就会看到什么人了，但你有时指望不上江普。就在这一天，他居然出乎意料地产生了对知识的渴望，一本正经地走到大厅后面去听布劳尔的演讲了。"

"蒂布斯太太肯定那人奔进了第一公寓庭院吗？"

"她就是这么说的。"

"假设她错了，看错了。"

"不太可能。"

"但假设是她看错了，那个家伙没准是通过另一个拱门奔向大厅楼梯的。"

"我亲爱的杰弗里，我反反复复地考虑过那种可能。如果那样假设的话，你就可以怀疑任何在拱门附近的人了。"

"那正是我所思考的，"威洛说，"大厅里很安全，周围都是人，大多是互不认识的人，就在此刻，凶手逃了，那既是一个极好的掩护，又是一个不在场证明。"

"非常好，"戴维说道，"我也对此思索了很多。但谁又能为谁证明呢？你知道当时谁在你的右边吗？”

"知道……邦迪尼。"

"噢，你能肯定吗？"

"对，我想是的。在我的左边，开始是沃洛夫。当演讲开始时，他挤得更前面了一点。随即，稍后一点，马登小姐进来了。"

"没见到克拉斯纳？"

"没见到他。"

"他稍晚点才到。凯瑟琳看到他了。"

"但我没看到他。"

"那么，布劳尔倒下的时候，邦迪尼在你身旁，而马登小姐在你另一边。有谁靠近门口？"

"有好几个我不认识的人呢。那是个公共场所。"

"你看到江普了吗？"

"我后来才看到他的，那时他跟我上楼去了大厅。"

"嗯，好吧，你已经确定了在那个重要时刻有两个人在场，但你错过了沃洛夫，你没有看到克拉斯纳，也没看到江普，而且，如果还有你不认识的人晚点进来，你也不会注意到的，或者至少不会记得。"

"对，不会注意到。"

"如果凶手走进了大厅，我觉得我们也会失去他的踪迹。"戴维说。

"如果他没进来，或者凭空消失了，那就更糟了。"威洛说。

"除非……"

"除非什么？"

戴维没回答。他显然正盯着邻座一个身穿天蓝色牛仔裤的英俊年轻人，但是，正如《荒凉山庄》里的杰里比太太，她花费了那么多时间去调查非洲那样，他的目光其实固定在他亲眼看见的那些场景上，那就是在圣尼古拉斯学院布劳尔倒地死后的五分钟里，尤其是其中的一个场景。

"除非什么？"

"很抱歉，我突然想到了某件事。"

"想到某一点上了？就这一点上？"

"我想是的，"戴维说着，眼睛直愣愣地盯着威洛，"我想是的，但我还不太肯定。我们回去吧，午餐时间到了。"

威洛收拾起桌子上没有拆封的信。"如果把你的邮件忘在这里就太可惜了。"

"谢谢，"戴维说道，"但实际上没什么关系。"

"那个穿着粉红衬衣的老伙计，"一个身穿浅黄衬衣的中年人说道，"朝这个方向两眼紧盯着。我真的希望……"

"你的希望没用，雷克斯，"身穿天蓝色牛仔裤的年轻男人说道，"他刚才是在看着我。"

"这就是，"雷克斯说道，"一个例子，说明你吸引了许多令人遗憾的目光。"

"就观察而言，他并未凝视你们两个，"第三个男人说道，"他心中想到了什么事，就说'我找到了'而已，就像那个泡在浴缸里的家伙，突然发现了他的定理一样。"

"还真是！如果你要说些骇人听闻的事，我倒乐意坐下来听听了。"雷克斯说。

于是，他们又围绕着熟悉的话题继续下去了。


## 三

午餐令人愉快，虽然戴维一直很安静，心不在焉。午餐后，他回到了自己的房间里，留下威洛和凯瑟琳还有容格在露天平台上聊天。但他并未午睡，他极其兴奋。对他这种完全是业余水准的破案思维来说，这个案子的死结突然彻底解开了。一个专业的调查者也许会说，在他的推论里有太多推测成分。好吧，那又怎样？他不是警察，他只是在思考证据，以让自己感到满足。别管他是如何进行到这一步的，重要的是他现在感觉自己知道答案了。他现在直接关注的问题是该如何对待他已知晓的情况。他当然不会公开谈论，制造耸人听闻的丑闻。然而，

230

他想把他的推论向某个人解释一番，以得到某种重要的意见，获得对他推论的支持。

从他的房间窗户能听到容格和威洛夫妇在下面平台上的谈话。两个男人在谈论，凯瑟琳主要负责听着。这让他回想起在研讨会第一夜他部分听到的另一个谈话，当时津提在对克拉斯纳谈论雅娜·马登，接着讨论针对布劳尔的计划。

不久，凯瑟琳站起身，和他们道别——她想去躺一会儿。这到有点帮助，但即使现在还有两个人呢，而他已决定对容格吐露自己的想法。

戴维下了楼，走到屋后的露天平台。夹竹桃下有个椅子，从那里，他可以看到从别墅出去的那条小径。

他无须等待多久。杰弗里·威洛在门口说了声再见，于是容格就独自走下了那条小径。

戴维叫住了他。

"你好，戴维博士！我以为你在打盹呢。"

"我没法睡，有点事我想和你私下里谈谈。所以，直截了当地说吧，我有意等在这里，我要拦住你。"

"啊哈！我该做什么？"

"我想请你一起去下面的海滩，在可以晒太阳的某个地方，我可以和你聊聊心里堆积的许多事。我必须得和某个人说说，我觉得你是最合适的人了。你有时间吗？"

"当然有。"

"谢谢。这条小径通往第一个海滩，在一天中的这个时候，只有那些无所事事的度假者才会容忍浪费片刻的宝贵时间。"

"就像我们。"容格说。

"我想和你聊聊布劳尔的案子。"

"就此事我已经被问了许多问题，"容格说道，"但没人告诉我任何情况。如果你能说说，我很感兴趣。"


## 四

容格和戴维在沙滩上的一块岩石阴影下舒适地躺好。

"我必须得解释一下，"戴维说道，"在我努力厘清这个疑案时，我特别注意阅读书籍，或者说，在某些情况下，重新阅读了这次研讨会各类参加者写的书。我觉得这些书也许会对了解一个人的性格以及他的生活细节提供线索。所以我重读了沃洛夫上校那些令人神往的书，尤其是他最新的书——《丛林中的人们》。我还读了埃加小姐富有学识而又令人愉悦的《有毒植物》。我对一本名叫《匈牙利的恐怖时期》的书深感兴趣，这本书是七年前出版的。你知道这本书吗？这是一本"诗书"，一首可怕的诗。我对此非常着迷，我认为这真是一部伟大的作品。

但是，特别吸引我注意的是最后一页。你读过这本书吗？"

"我的确读过。作为一个匈牙利人，我不可能错过的。"

"你是匈牙利人？我倒不知道呢。"

"我有个德国名字，我在一所德国大学工作。但我是匈牙利人。"

"太有趣了。嗯……如果你读过《匈牙利的恐怖时期》，你会记得作者回到他原先的主题时，所采用的非同寻常的方式吧。"

"是的。"

"他不顾自己在监牢里丧失的生命时光，而是再次回忆起了他家人的受难。"

戴维伸手从自己的口袋里掏出了一张纸。

"我记在这里了。'我的家、我的母亲、我的父亲，我无法复仇。我不认识毁灭他们的那双手。但那双手，那两只毁灭了我妹妹的手，我却是认识的。我会毁灭它们，哪怕拼尽我的生命。

"'在十一月二号，我和其他许多人穿过了边境。我们受到了奥地利人的善意接待。'

"我发现这本书非常动人……但对我来说，我已经从津提那里听到了一个颇为相似的故事。对我来说，我在寻找一个人，他等待了二十年去杀当年残杀他妹妹的那个人，那真是——说得温和一点吧——那真是个非常有吸引力的故事。"

戴维说到这里，停顿了，时间之长，让容格不由得抬头看看是什么原因。

"津提似乎知道这本书的某些事，"戴维继续说了，"我知道他的朋友克拉斯纳已经经历过这些麻烦事了。我猜想，也许这本匿名书是他写的。于是，我读了《我所知道的亚马孙》，我立即意识到那本书的作者永远也写不出《匈牙利的恐怖时期》。那本亚马孙的书是纪实性的。我不必问你是否读过，你当然读过了，那本书的一部分是有关你的事。"

"是的。"容格说。

"那是一份探险报告，社会学家们会发现该书很值得注意，我毫不怀疑。但对我来说，这本书令人厌恶：里面充斥着太多的虱子、毒蛇、短吻鳄、食人鱼、巫术医师，还有割取敌人头颅使其干缩并将其当作战利品的土著人。里面有许多部分都是关于打猎、制作吹射管、酿造毒液的。"

"还有我的一张照片，我在观看炖煮蚂蚁制毒。"容格说。

"你会明白一个人的心情是如何突然低落的。克拉斯纳是津提的朋友，这点毫无问题。而他似乎对杀死津提的敌人的那种毒药更为了解。我发现这很有趣，人们不可能不注意到这一点。"

戴维又一次住口不说了，容格再次抬头看看他，仿佛是在问怎么了。戴维凝视着自己的手指。

"我也重新阅读过威洛的书《重访索马里》里的某些章节，"在长久停顿之后，他继续说了，"你知道那本书吗？"

"当然了。在我这个学科里，那本书很有权威性。"

"那么你会记得，那是唯——本记载了亲眼看见制毒全过程的书。威洛是个令人愉快的小个子，所以我总是惊奇地阅读他那种详尽生动的文字。举例来说，有关辛辣烟雾的部分，还有那散发恶臭味的东西，读起来几乎让人眼前一亮。你还记得他被警告过的头痛，他不相信，但还是发生了。所有这些细节描写，让我有身临其境之感。"

"我同意。那本书令人惊奇，而威洛博士是个能力非凡的人。"

"你以前见过他吗？"

"见过，就在去年。他当时在费城参加一个研讨会。"

"我记得。"

"这就是克拉斯纳和津提来剑桥参加这次研讨会的原因。他对他们谈到了这次研讨会，邀请他们来参加。我们见到他好多次了，津提更是如此，他和威洛关系相当好。我想，他们后来在纽约又见面了。"

"是吗？"戴维说道，"我不知道你们之前就已互相认识了。威洛从来没有提起过。"

离他们躺着的地方二十五码外，有个年轻人从海里冒出来，本来身穿浅蓝色牛仔裤，但现在只穿了条浅蓝色的三角裤。他在阳光下站着，成了一个红褐色的人像。

"我在他那个年纪时,"戴维说,"我们穿的是最糟糕的泳装,从膝部一直到肩膀都被包住了。一般都是单调的海军蓝,蓝白相间的横条就被看作时尚了,那是有点令人惋惜的事。"

"无论什么时尚,只要大家认可就行了,"容格说道,"没有其他判断标准。如果是四十年前被看作为时尚的东西,我毫不怀疑在那时就是时尚的。"

"你能这样想真是太好了,"戴维说道,"但我不记得我那时也像现在这些年轻人那样,明显自我感觉好极了。"

穿着浅蓝色三角裤的年轻人走回海里去了。如同波提切利的某幅海景画里那样,阳光下的海浪只是稍稍抚摸了他一会儿。随即,他潜入水中,快速地向西边的海湾游去。

"刚才我的注意力被美好的景象分散了。正如我说的,"戴维说道,"我觉得这几本书极其有趣。"

"是的。但这几本书不会给你太多知识,是不是?我指有关这个疑案的知识。"

"对,这几本书不会。我只是在告诉你,我是怎么深入探究的。我敢说,要不是今天上午和杰弗里·威洛的那次谈话,我就会走进死胡同了。这次谈话很偶然地揭穿了一个弥天大谎,这个谎言困扰了整个调查。这次谈话还让我第一次意识到，我从一开始就被津提和克拉斯纳的友谊误导了。在研讨会的第一晚，我无意中听到了津提和克拉斯纳的谈话，他在警告克拉斯纳别对马登小姐的魅力过分着迷，然后，他继续谈论着某个计划。我以为房间里只有两个人，因为我只听到两种声音。我现在认为那里有三个人——津提、克拉斯纳，还有另外一个人。只有起初的话才是对克拉斯纳说的，我认为其余的话是对这个第三者说的。回答的声音倒是没多说什么，并且不像津提的声音那么清晰。我以为那是克拉斯纳的声音。现在我非常肯定，我搞错了。"

"对不起，我打断一下，"容格博士说，"我能问问你是在何时何处听到那段对话的？"

"我当时坐在 M 号楼上的房间窗口旁。那些声音是从我楼下的房间里传出来的——津提的房间。何时？大概是在研讨会第一晚的鸡尾酒会之前半小时左右吧。"

"那太奇怪了，大约在那个时间，我在荷兰花园里，我想起来我看到威洛博士正给克拉斯纳指路回他的房间。"

"真有意思，"戴维说道，"这倒是确定了当时克拉斯纳的去向……哦，就像我刚才说的，我现在相信还有人在津提的房间里，我认为津提就是在和这个人策划谋杀布劳尔。我不确定你知道多少，容格博士……但就在可怜的津提自杀前，他对我说了谋杀布劳尔的原因，因为他相信是他谋杀了布劳尔，他还真诚地向我发誓，克拉斯纳没有参与谋杀计划。当时我觉得他是在保护克拉斯纳，现在我认为他说了实话。克拉斯纳可能是个中间人，但津提和另一个人才是实施者。"

"你不会忘记克拉斯纳是我的老朋友吧，戴维博士。"

"我非常清楚。"

"我相信克拉斯纳不会真的参与任何谋杀计划。"

"我希望你说得对，我也确实这么认为。"

戴维停顿了。

"我说得符合逻辑吗？我很想知道，所以我想请你听我说下去。"

"逻辑……也许吧。只是好像缺少一些得到证实的事实。"

"那我来谈谈事实吧。"

"请继续说下去吧。"

"津提有个计划——主要计划，我们已经知道了。另一个人有个备选计划，这是我听到他们说的。从我们已知将要发生的事来看，我估计另一个人准备好了，如有必要就射杀布劳尔，但当时还没决定到底怎么做。他知道凸窗外面有脚手架，而星期天下午他听到了有关屏风的事情之后，就看到了机会。然后，他意识到布劳尔在星期天夜晚依然活着，就决定采取行动了……但他没有告诉津提他会怎么干。于是，就在那个夜里，他在凸窗上开了个口子。到了星期一，他确保屏风安放到位，还故意在演讲之前在大厅里露面让人看到。然后，他悄悄地溜出去，穿上了威尔金斯的工作服，爬上了脚手架，射杀了布劳尔。随后，并非逃走，也并非立刻设法混进人群，你走了……"

"我走了？"容格说着，一下子坐得笔直。

"我认为是的，"戴维说道，"你直接走到威洛太太那里，给她的印象是威洛博士让你过去的，这就是个弥天大谎。这是既冷静又极其聪明的一招。她从未怀疑过你是从大厅里过来的，由于没有特别的理由联系到这一点，没人发现你不是从大厅里过来的。但是，有人确实看到了一个男子跳下了脚手架，奔进了拱门——那是我房间的服务员说的。而在同一时刻，凯瑟琳·威洛看到你从拱门跑出来找她，你们两人都没看到其他人。直到今天上午我才解开了这个极其复杂的谜题。当时我问杰弗里·威洛在演讲时他周围人的名字，有马登小姐和邦迪尼，还提到了沃洛夫，以及几个他不认识的人。而你，本应是他派去找凯瑟琳的人，他却根本没提到。他没提到你是因为你不在那里。那个时候你正从脚手架上跳下来。大厅里没人看到有人逃跑，因为大厅里根本就没人逃跑。那个射杀布劳尔的人，作为某个会议秘书的助手，又镇定地回到了大厅。这还没完，那天晚上，你肯定大胆地在学院里过夜，或者，至少逗留的时间足够长，以便把布劳尔用的杯子换掉。"

容格博士在沙滩上静静地躺着，两手放在脑后，眼睛凝视着地平线。

"这真是一个巧妙的推论,戴维博士,"他说,"那你打算怎么办呢?"

"什么都没打算,容格博士。"

"什么都没打算?"

"有四个很好的理由来解释我为何什么都没打算。第一,已经发生了足够多的悲剧。《匈牙利的恐怖时期》里的人物大多死去了。布劳尔死了,津提死了,班伯丽小姐也死了。"

"我对她的死感到遗憾,"容格说道,"我希望你没有产生错觉,认为是我谋杀了她。"

"你没想谋杀她。我们先把此事放到一边吧。"

"继续说吧。"容格说。

"第二,如果津提告诉我的事是真实的,我必须得告诉你,我并不指责你们两个人。别认为我赞成普通人自己充当法律来处决犯人,但如果真能给谋杀找到正当的理由,我想这案子就是了。假如布劳尔被法庭审判,他会被判有罪。"

"也就判几年监禁罢了。"容格说。

"第三,你肯定会惊讶,我喜欢布劳尔,并且,尽管我知道了所有这一切,我依然喜欢他。我认为他并不想干他被迫干的事。有些杰出的人物拒绝了,他不在其中。然而,他已经作为另一个人开始生活了。我不想让他的名字受到玷污。假如有人偏爱另一个人,相信此人是品行端正的，而且是受了欺骗……"

"然而，这是品格高尚地受到了欺骗。我认为是柏拉图。"

"柏拉图。布劳尔身上有着许多的善，我不会忘记的。"

"那么第四呢？"

"第四，亲爱的博士，尽管我确信我告诉你的都是事实，尽管你没有试图加以否认，不过，你认为，对我的争辩，辩护律师会做出什么样的重新表述呢？警方没有找到发射毒药的枪，杯子上没有指纹，雨水冲刷掉了脚手架上的脚印，在那个工棚里也没有留下什么东西。我没法证明是你射杀了布劳尔，我只是推断而已。我需要把这一切告诉你，但我无意对其他人说。"

"如果其他人也得出了同样的结论呢？"

"我认为他们办不到。你有没有告诉过威洛太太，是她丈夫派你过去的呢？"

"没有。"

"她推断是这样的。哦……只是她推断错了。"

容格站了起来。

"无论事情策划安排得多周密，总是要靠运气。在学院所有楼里，分配津提和克拉斯纳去 M 号楼，你住的楼。很奇怪，不是吗？"

容格转过身去，朝大海望去。戴维站起身来，拍掉了裤子上的沙子，等待着。

"我本来想再去游泳的，"容格说，"但我现在不那么想了。我想我要回旅馆了，如果可以的话，如果你真的是这么想的话。"

"我是当真的。我非常高兴能有这个机会和你谈谈。还有一件事，我可以为你那本美妙的书而祝贺你吗？你就是埃里希·科苏特，对吗？"

"那本书是匿名出版的，戴维博士。"

"是出版商告诉我作者是埃里希·科苏特。"

"如果作者想匿名，出版商不应该背叛他。但我的真名，请你相信，是容格。"

"现在是了，但我认为你当初叫科苏特。再见，容格博士，不知怎的，我想我们再也不会见面了。"

"戴维博士，我也认为我们不会再见了。请相信，我非常感激你所有的善意。"

"好好游泳去吧！"戴维说。

# 剑　桥

## 一

戴维从意大利回来的当天晚上在院长的宅邸用了晚餐。在他的请求下，院长还邀请了考尔和杰弗里·威洛共进晚餐。

"那次研讨会很不幸，"考特尼博士说道，"布劳尔、津提、班伯丽小姐都死了。我在报纸上看到容格博士在伊斯基亚的什么地方被淹死了，那是你在那里时发生的吗？"

"是的。我有一次在海滩上见过他，于是我们长谈了一次。他属于那类试图游向地平线的泳者。那一天，他没有回来。"

"噢，我希望一切都结束了。"

"我希望如此。今天我一回来就和霍奇斯长谈了一次，我觉得他们真的走到了终点。"

"你的意思是此案结案了？"

"是的，结案了。"

"警方逮捕了什么人吗？"

"没有……没逮捕什么人。"

戴维停顿了一下。考特尼博士、考尔还有杰弗里·威洛都看着他。他们没有问"为什么"，他们等待着。

"警方对证据完全满意，"戴维继续说道，"但那人已死，你无法指控一个不能为自己辩护的人。所以，这个案子就永远不会上法庭。它永远不会被证实或者被反驳，所以警方无法说他的名字。"

"我敢打赌你可以。"考尔说。

"是的，"戴维说，"所以我要求院长邀请你们今晚来此。名字无法公布，但也无法隐瞒。霍奇斯同意这一点，我应该告诉你们我所知道的事。"


二

"回过头来看，"戴维在半小时后说道，"我们可以看到结案过程的起源还是在于一片玫瑰花瓣。"

"啊！"考尔说。

"抱歉冒犯了你，"戴维说道，"但我不知道该怎么说，没有特别的理由可以坚持说布劳尔和斯顿夫之间有什么关联。的确，像斯顿夫那样的人很可能不愿意写信。假如我没有看到那片玫瑰花瓣，并联想到那个在纽扣孔里插红玫瑰的男子，我很可能不会去见斯顿夫先生。假如我不去，那么我就不会辨认出查理。假如我没有辨认出查理，我们就不会获得他的证据，而正是他的证据准确地确定了时间表。凯瑟琳不可能知道在布劳尔倒下之后，过了多久容格才赶到研讨会办公室，但查理知道他什么时候离开大厅，并且他是什么时候见到他们，而他们也见到了他。当时周围没有其他人了，那只能是容格。但这是我过了很长时间之后才弄明白的。"

"为什么就只能是容格？"考尔在长长的停顿之后问道。

戴维微笑了一下。"好吧。我同意有另外一种可能，但我无法认真看待。有一阵子，杰弗里，证据显出了某种可怕的倾向指证你和凯瑟琳。假如我是个专业的调查人员，我会对你产生强烈的兴趣。只是因为我了解你，所以我拒绝把某些事纳入我的想法里。"

"什么事？"考尔问道，"或许他在事实面前是个从犯呢。你想过这一点吗？究竟是什么事？"

"凯瑟琳在大厅外面，她有足够的时间从脚手架上跳下来，回到办公室去，而且正是她张罗安排了屏风的放置。其次，杰弗里在美国就结识了津提，是杰弗里邀请他来参加研讨会的。杰弗里带津提去他的房间，后来又把克拉斯纳带到那里。他本可以进去，在那里一起聊天，但他没有进去。"

"我失望了。"考尔说。

"是容格，等候在荷兰花园里，等杰弗里一走就悄悄地进去，参与他们的谈话。奇怪的是，他们就住在我的楼下。"

"一点也不奇怪，"威洛说，"我把他们安顿在 M 号楼，我觉得你会善意地关注他们的。"

"他确实做到了，"考尔说道，"作为我们最受欢迎的人物和学院的私人侦探，你已经做得非常好了，戴维。但我有点遗憾地注意到你明显对一两件事保持缄默。"

"的确如此，"院长说道，"我记得，你离开之前，对班伯丽小姐之死的事特别厌烦。你似乎暗示那个事的调查根本没有难度，你是不是也要透露一下呢？"

"噢……对了……因为我料想此事可能永远无法被证实了，所以我的猜测和别人的几乎一样。我临走前，对霍奇斯谈了我的看法，他似乎认为说得过去。我的推测是在一天上午突然产生的，也就是布劳尔死后两三天吧。当时我掉了衬衫前门襟的纽扣，我趴在地上找了五分钟，然后我突然想到纽扣之类的小东西，有时会藏在裤腿卷边里。我翻开一看，果然在那里。那天晚上，来此就餐前我换了件衬衣，我边换边在心里又把这个案子的种种神秘之处回想了一下，尤其是班伯丽小姐的谜团。为什么是班伯丽小姐呢？她安静、善良、人畜无害，谋杀她有什么意义呢？我看不出有什么意义……而如果没什么意义，那么这事就可能是个意外。想这件事时，我看待班伯丽小姐就像我看到她当天下午扶着布劳尔的脑袋靠在她手臂上的样子。布劳尔死于一个皮下注射器的针头飞镖。这个针头飞镖本该找得到的，却失踪了。那么为什么它就不会像我的纽扣一样，掉进了衣服里呢？班伯丽小姐当时穿着某种编织的开襟毛衫，有口袋。为什么这个针头飞镖就不会掉进一个口袋呢？假如果真如此，那个针头飞镖躺在那里毫不起眼，而班伯丽小姐在星期二上午，坐在九点钟去利物浦街车站的一节空荡荡的尾部车厢里，把手伸进了口袋。如果那个针头飞镖里还残留着毒液，那答案就在这了。我不知道这是不是真相，但我认为就推测的可能性而言，这已经接近真相了。警方没有找到更好的证据。"

"对此，我给你打分要低一点了，戴维。"考尔说道。

"当然，"院长说道，"但是，公共休息室和那个失窃的吹射管呢？你当时对这些事紧追不舍，我相信事到如今你不会说你还对这些细节感到困惑吧？"

247

"不，我不会这么说，院长。我能解释这两件事……恐怕我把这两件事放到最后来说也是有意为之的。"

"啊！"考尔叫道，"真正的艺术家，请讲吧。"

"我很抱歉地告诉你，院长，"戴维说道，"你的孩子们不诚实。"

"哎呀！我懂了。"

"但是孩子们往往是糟糕的撒谎者。他们描述那个展馆里的男子时自相矛盾，起初我以为他们是在庇护某个人，但是，失窃的吹射管在学院附近被发现了，就在你家花园门外，上面留有脏兮兮的小指纹，我就想到，这些小指纹也许不是那个男子的小手留下的，也不是某个妇女留下的，而是孩子们的指纹。"

"你的意思难道是……"

"他当然就是这个意思。"考尔说。

"从来就没有这么个男子。就是孩子们偷了吹射管，而且成功地把大家都引上了花园小径。"

"那么，你如何证明这一点呢，不是靠古老的巫术吧？"院长问道。

"是通过思索公共休息室门的秘密。"

"好题目。"考尔喃喃地说。

"我匆忙地走下大厅的楼梯，走进回廊，想通过公共休息室绕到讲坛上去。我事后突然想到，我没有遇见那个躲在屏风背后的人，而此人应该几乎同时从相反的方向逃出来。然后，过了很久，我才意识到我差点遇上他，只是没有意识到这一点。"

"我毫不怀疑你的自鸣得意，"考尔说道，"故意用各种方法拖延时间。我们都听得入迷了。"

"哦……我走进回廊时确实看到了某个人，透过远处那边的连拱饰物。但我没有认真对待，因为那只是理查德蹦蹦跳跳地走着，手里挥舞着棍子似的东西，我事后意识到那就是吹射管。他正向回廊门走去，要回家了。今天下午我回来后，找到了他，直接对他说，我认为是他偷了吹射管，他立刻就承认了。我想他很高兴从心里卸下了这个负担。我问他究竟为什么要这么做——你们猜猜他说什么？"

"别让我去猜想了，"院长说道，"当然是什么可怕的事了。"

"他说他想看看，在布劳尔演讲时，能不能对布劳尔发射出一个纸飞镖。"

"天哪！你是说打开公共休息室门的是理查德？"

"正是如此，院长。他干了，可他没法让吹射管起作用，他就坐在地上，扮了几个鬼脸。无论如何，我想布劳尔的演讲不会成功了，理查德是个脸部表情丰富的男孩。"

# 三

过些时候，戴维回到了自己的房间坐下，膝上放着一本书，啜饮着放了茉莉的台湾乌龙茶。他从眼镜上方看出去，对着《玩弹珠的小孩们》有点宠溺地微笑着。他已经沉溺于这些小孩子了，还有那头叫莱蒂的奶牛。随后，他打开了《西蒙·卡西迪的最后遗愿与遗嘱》。

在现代的侦探小说里，通常在扉页上有一段话，鲁莽地透露出故事初期的情节，仿佛是不顾一切地想抓住某个不太情愿的读者的注意力。从他眼前的样本来看，西蒙·卡西迪像个极其令人厌恶的老人，他显然伤害了至少六个人，他未必是真心想邀请这些人与他一起共度圣灵降临节。由于一个难得的机会，艾尔默·切纳灵这位大名鼎鼎的侦探住在这个村子的酒吧里，他想钓一个星期的鳟鱼。

"嗬！"戴维叫了声。但这本书的作者是安娜贝尔·钱皮恩，她通常手里握有王牌。于是，他翻过了这一页，开始阅读。

**图书在版编目（ＣＩＰ）数据**

利箭追凶 / (英) 克林顿·巴德利著；吴宝康译
. —— 上海：上海文艺出版社，2022
（域外故事会推理小说系列）
ISBN 978-7-5321-8409-5

Ⅰ.①利… Ⅱ.①克…②吴… Ⅲ.①推理小说－英
国－现代 Ⅳ.①I561.45

中国版本图书馆 CIP 数据核字 (2022) 第 139007 号

## 利箭追凶

著　　者：[英 ] 克林顿·巴德利
译　　者：吴宝康
责任编辑：杨怡君
装帧设计：周艳梅
责任督印：张　凯

出　　版：上海文艺出版社
出　　品：上海故事会文化传媒有限公司
　　　　　（201101 上海市闵行区号景路159弄A座3楼 www.storychina.cn）
发　　行：上海文艺出版社发行中心
　　　　　（上海市闵行区号景路159弄A座2楼206室）
印　　刷：上海中华印刷有限公司
开　　本：889毫米x1194毫米　1/32　印张8.25
版　　次：2022年9月第1版　2022年9月第1次印刷
Ｉ Ｓ Ｂ Ｎ：978-7-5321-8409-5/I.6637
定　　价：35.00元

上海故事会文化传媒有限公司 出品 (01087) www.storychina.cn

想看更多精彩故事？
扫码下载故事会APP

上海故事会文化传媒有限公司所有图书可办理邮购，免收邮费(挂号除外)
汇款地址：上海市闵行区号景路159弄A座2楼206室（201101 ）
收款人：上海故事会文化传媒有限公司出版发行部
联系电话：021-53204159
如发现本书有质量问题，请与印刷厂质量科联系 T:021-60829062